Inhaltsverzeichnis

Bansiner Strandgespräche

Heutzutage wird ja viel geredet. Über dieses und jenes, über alles und nichts. Jeden Abend kann man sich ansehen, wie Menschen das im Fernsehen tun. Manchmal hören sie einander dabei sogar zu. Aber trotzdem scheint in all diesen Gesprächen etwas Entscheidendes zu fehlen. Sie haben keinen Horizont. Sie haben keine Zeit, in Ruhe zu überlegen, worum es eigentlich geht und wohin es führt. Trotzdem erwecken alle, die zu Wort kommen, den Eindruck, sie wüssten ganz genau, wo es lang geht. Aber wenn sie dann loslaufen, rennt trotzdem jeder in eine andere Richtung. Ob sie - ob wir alle auf diese Weise irgendwann irgendwo ankommen werden, ist eine andere Frage. Bei uns soll das anders sein. Wenn wir uns unterhalten, steht das Ergebnis nicht von vornherein fest. Das wäre auch ziemlich dumm. Denn dann würde ja niemand etwas dazulernen, am wenigsten wir selbst. Und wir würden auch nichts entdecken. Alles würde - zumindest in unseren Köpfen - so bleiben, wie es vorher war. Das fänden wir ziemlich langweilig, geradezu uner-träglich. Damit unsere Gespräche genügend Horizont haben, treffen wir uns am Strand. Da steht ein alter Strandkorb mit Blick zum Meer. In dem gibt's kein Telefon, kein Internet und auch sonst nichts, was uns davon abhält, ganz in Ruhe nachzudenken. Er ist aber groß genug für zwei Frauen - eine rechts, die andere links -, die eine oder andere Katze, eine Kanne Kaffee oder Tee. Ohne geht's nicht. Sonst können wir nicht denken und dann hätte das alles gar keinen Sinn. Jetzt, wo es langsam kalt wird, denken wir daran, umzuziehen. Der alte Leuchtturm wäre ideal. Wenn wir uns den schön gemütlich einrichten, zwei schöne Sessel rüberbringen lassen, den alten Ofen in Gang bringen und die Wände mit Bücher-regalen einrichten, könnte das ein passendes Denkquartier für die kalte Jahreszeit werden. Was den Horizont angeht, gibt's im Leuchtturm nichts zu meckern.

Man muss nur gelegentlich die Fenster putzen. Aber dafür zieht's da nicht. Außer vielleicht durch die Katzenklappe, aber die muss sein, denn sonst könnten, Aramies, Bastet und Cicero ja nicht mitreden und dann würde das alles nichts.

Die Freiheit bringt uns alle um

B. Moin. Rutsch mal, Cicero. Keine Ahnung, warum Katzen immer so viel Platz brauchen. Hast Du mal nen Tee für mich? Das ist richtig kalt geworden.

U. Moin, klar hab' ich. Ja, mein Cicero...dieses langhaarige Fellbündel, aus dem nur schelmisch vorn die kleine Nase guckt und diese bernsteinfarbenen Augen, die einen perfekten Kontrast zu seinem schokobraunen Fell darstellen. Wenn er so sinnierend in die Ferne über das Meer schaut, dann fühle ich mit ihm die Freiheit und die Sehnsucht nach Weite. Es ist windstill und die Luft riecht nach Meer. Frei sein. In diesem Augenblick habe ich eine kurze Vorstellung davon, was das bedeuten könnte.
Ich sehe dich nicken - geht's dir auch so?

B. Oh ja. Nirgendwo fühle ich mich so frei wie am Meer. Wahrscheinlich liegt es an der Perspektive. Der Horizont ist gerade weit genug weg, um einem das Gefühl von Unendlichkeit zu geben. Natürlich ist das Meer auch ein Sehnsuchtsort. Es ist, als ob von der anderen Seite jemand oder etwas einen anziehen würde. Und was Cicero angeht ... Katzen sind einfach die besten Lehrmeister in Sachen Freiheit, weil sie absolut unabhängig sind. Denn wir suchen ja nicht sie aus, sondern sie uns. Und kein Mensch weiß, nach welchen Kriterien sie sich dabei richten. Wir wissen nur, dass es eine Ehre ist, wenn sie uns bei sich wohnen lassen. Denn sie sind frei. Wenn sie uns nicht mehr wollen, können sie gehen und sich einen anderen Menschen suchen.

U: Das können wir übrigens auch, wenn wir es nicht schaffen, die Perspektive auf etwas oder jemanden zu ändern. Denn dann bleibt ja letztlich nichts weiter übrig, als das Umfeld zu verändern, wenn ich es selber bei mir nicht schaffe, unabhängig vom Grund. Das ist auch eine große Freiheit - ich kann jederzeit den Blickwinkel ändern, es liegt in meiner Macht. Ich bin zunächst verantwortlich für meine eigene Freiheit und dann auch für die meiner Mitmenschen. Diese Verantwortung obliegt uns allen, nicht wahr Cicero, du musst dein Frauchen auch glücklich machen, sonst gibt es keinen Deal. Nein, im Ernst, Freiheit ist doch die Grundlage eines erfüllten Lebens, oder was denkst du darüber?

B. Das hast Du wunderbar gesagt. Ja. Freiheit ist die Grundlage für ein erfülltes Leben. Wenn ich mich nicht frei fühle, wenn jemand oder etwas mich einengt, dann ist das, als ob mir einer die Luft abschnürt. Das kann nur tödlich enden, egal, ob es dabei um Beziehungen zu anderen Menschen Strukturen, in denen man lebt und arbeitet oder um Gott geht. Wie wichtig die Freiheit für alle Menschen ist, kann man ja auch daran sehen, dass sie in unserer Gesellschaft das ist, woran alles andere gemessen wird. Denk mal an den Slogan "freie Fahrt für freie Bürger". In Deutschland sind Tempolimits immer noch ein Aufregerthema. Die Amerikaner, die immerhin im Land der unbegrenzten Möglichkeiten leben, können viel seltener richtig aufdrehen.

U. Das stimmt zwar, aber das ist für mich nicht so wichtig, denn es geht lediglich um äußere Freiheit. Nun will ich keinesfalls sagen, dass äußere Freiheit unwichtig ist, wir sehen am Beispiel von COVID-19, was das Einschränken bedeutet. Für mich persönlich ist die innere Freiheit aber viel wichtiger, denn nur wenn ich mich innerlich frei fühle, kann ich Einschränkungen der äußeren Freiheit tolerieren. Dann spielt es letztlich keine Rolle, ob ich nur bis 22 Uhr raus darf oder meine Freunde Auge in Auge sehe, entscheidend ist, dass wir uns innerlich verbunden fühlen und ein Telefon oder PC gibt es ja auch – so könnte man sich auch sehen. Ich weiß, die Älteren der Gesellschaft sind oft deshalb die Angemeierten; dafür müsste ein ganz eigenes System erarbeitet werden, damit unsere Eltern und Großeltern wertschätzend und liebevoll ihren Lebensabend verbringen können.

B. Da stimme ich Dir hundertprozentig zu. Die innere Freiheit ist auch für mich das wichtigste. Tatsächlich machen mir die Covid-Maßnahmen überhaupt nichts aus, weil ich ohnehin lieber zurückgezogen lebe. Ich bin eine geborene Eremitin. Mir ist aber wichtig, dass meine innere Freiheit, mit Menschen verbunden sein zu dürfen, nicht eingeschränkt wird. Wenn das einer versuchte, würde ich echt ärgerlich. Aber ob ich jetzt nach 22 Uhr drinbleibe oder nicht, schert mich nicht. Es wäre mal spannend, zu gucken, wie es um die innere Freiheit derjenigen bestellt ist, die so viel Wert auf die Äußere legen. Haben sie weniger davon oder brauchen sie einfach insgesamt mehr? Oder ist es eine Typfrage? Was die Eltern- und Großelterngeneration angeht ist die derzeitige Situation glaube ich eine Folge dessen, dass wir es mit der Freiheit übertrieben haben. Früher war es selbstverständlich, dass die Jüngeren die Älteren versorgt haben. Heute steht das der Selbstverwirklichung im Weg.

U. Nein, eine Typfrage ist es ganz sicher nicht, denn wie Rousseau und viele seiner aufklärerischen Kollegen schon feststellten, sind alle Menschen von Natur aus frei und gleich, sie schränken sich aber selbst ein, nämlich durch Egoismus und Triebhaftigkeit. Nun kann man ja schmunzeln bei Letzterer, aber allein ersterer dominiert unsere Gesellschaft sehr wesentlich. Nicht, dass den Menschen die Idee der Solidarität so gänzlich fern wäre, aber in einer stetig schneller werdenden Welt, die durch ein technisches Tempo bestimmt wird, kommt es mir so vor, als hätte der Begriff „Menschlichkeit" allein aus semantischen Gründen keinen Raum. Außerdem hat in dieser gewinn- und erfolgsorientierten Zeit eher ein Begriff wie „Konkurrenz" Platz, da er das kapitalistische Wesen besser beschreibt, als „Menschlichkeit" und „Solidarität". Dieses Konkurrenztempo gepaart mit dem mörderischen Tempo im Alltag raubt uns jede Freiheit und bringt uns tatsächlich erst um unsere Nerven, dann um unsere Menschlichkeit und letztlich um.

Gut, dass hier am Meer der Zeitbegriff außer Kraft zu sein scheint. Schau, wie ruhig es liegt, völlig unberührt von Corona und Hektik. Ich danke meinem Schöpfer, dass ich hier leben kann. Aber wie ist es, direkt in einer Stadt zu wohnen? Das fühlt sich bestimmt ganz anders an?

B. Ich hatte vollkommen vergessen, dass Rousseau das gesagt hat. Gut, dass Du mich daran erinnert hast. Stell Dir mal vor, wir würden den Menschen das verraten: Du bist frei. Von Geburt an. Was für ein Geschenk! Ich glaube wirklich, die meisten wissen das gar nicht. Es würde ihre Weltsicht wirklich verändern und es würde sie viel zentrierter sein lassen. Was das vollkommen irrsinnige Tempo angeht, das unsere Tage so hektisch macht, glaube ich, dass es daher rührt, dass wir unsere Verbindung mit der Natur verloren haben. Wir glauben, dass wir alles beherrschen können. Wir machen die Nacht zum Tag, planen unsere Freizeit so perfekt durch, dass wir nur noch von einem Termin zum anderen hetzen. Am Meer zu sein, bewirkt für mich, dass ich ruhiger atme, zur Ruhe komme, bei mir wohne, wie man es von Benedikt von Nursia sagte. In der Stadt sind die

Menschen viel häufiger außer sich. Das Dumme daran ist, dass so ein Leben überhaupt keinen Spaß macht. Dadurch, dass man den Ereignissen hinterher rennt, ist man ständig außer Puste und hat an nichts richtige Freude. Deshalb greift man dann eher zu Surrogaten wie Shopping, äußere Anerkennung und davon profitieren diejenigen, die das Konkurrenzdenken anheizen und gewinnmaximiert denken. Wenn man mal überlegt, was man wirklich zum Leben braucht, ist das viel weniger, als die meisten von uns haben.

U. Auf jeden Fall! In diesem Augenblick brauche ich NICHTS, denn es ist alles da - die Weite, die der Blick übers Meer hat, die salzige Luft in meiner Nase, der feinkörnige Sand unter den Füßen, das Gefühl, das keine Macht der Welt gerade bedeutsam ist. Es zählen jetzt nur unser Gespräch, die Sonne, das Meer und die Freiheit, die ich bis in die letzte Faser meines Körpers spüre.

B. Das empfinde ich genauso. In diesem tiefen Frieden, in dem wir nirgendwo mehr hin wollen, sondern angekommen sind, erlebe ich, was das Neue Testament die Freiheit der Kinder Gottes nennt. Und die ist tatsächlich keine Freiheit von etwas, sondern ein Zustand, indem ein essentielles Verbundensein aufscheint. Mit dem Meer, der Luft, mit Dir und mit Gott.

Ein Verb für alle

B. Ist Dir mal aufgefallen, dass es neuerdings nur noch ein Verb zu geben scheint?

U. Nicht wirklich, mein Lieblingsverb ist geben. Ich möchte ja nicht angeben, aber sich mit Philosophie zu umgeben ist besser, als sich dem Konsum hinzugeben. Dabei könnte man sich übergeben und letztlich dann aufgeben, alles nur, weil man der Versuchung nachgegeben hat. Deshalb darf man Verantwortung nicht gleich abgeben, sondern muss Menschen, die etwas länger brauchen, ver- und nachgeben. Gibst du jetzt auf?

B. Ne, aufgeben ist meine Sache nicht. Da gebe ich nichts drauf. Im Nachgeben bin ich schlecht. Aber in

Hingabe dafür ganz gut, wenn's mir denn gegeben ist. Das heißt, wenn mich jemand oder etwas anzieht. Das ist dann wiederum eine Gnadengabe. Was ich meinte, war aber nicht geben, was wirklich ein schönes Verb ist, sondern lösen. Das ist auch schön, weil man eine Menge damit verbinden kann. Knoten lösen ist zum Beispiel nützlich. Ganz egal ob sich das um einen Palstek, Stopperstek oder einen anderen Knoten handelt, zum Beispiel einen Knoten in einer Beziehung oder in der Seele. Dafür gibt's Maria, die Gottesmutter. Die ist eine prima Knotenlöserin. Aber ich finde, in letzter Zeit wird zu viel gelöst. Nicht nur Probleme. Bei denen ist das ja richtig gut. Aber wenn man mal Nachrichten hört oder Zeitung liest, stellt man fest, dass auch Streit gelöst wird. Das geht aber nicht, den kann man nur schlichten. Und Krisen kann man auch nicht lösen, auch wenn man sie mit ein bisschen Glück bewältigen kann. Mir macht das Sorge. Denn wenn wir das Gefühl für unsere Sprache verlieren, dann können wir uns nicht mehr verständigen.

U. Da gebe ich dir absolut Recht. Sprache spiegelt bekanntlich das Denken, das ist aber oftmals aus vielerlei Gründen beschränkt. Ähnlich verhält es sich mit dem Gefühl; emotionale Bekundungen sind in unserem rationalen Alltag doch eher Mangelware, dabei wäre es so wichtig für uns alle, Inhalte und Emotionen konstruktiv zu verbinden. Ich finde, im Alltag gibt's viel zu viel Gesabbel, wenig Inhalt und viel bla bla. Gut, ich als gebürtiger Insulaner bin sicher auch deutlich weniger eloquent als die Bewohner anderer Landstriche. Vielleicht fällt es mir deshalb oft und deutlich auf, dass Sprache nicht mehr wie ursprünglich zur überlebenswichtigen Übermittlung von Informationen dient, sondern ein Zeitfüller ist. Wie ist zu erklären, dass per WhatsApp sprachliche Phrasen oder Schlagwörter getauscht werden, die ganz sicher keine existentielle Bedeutung haben, sondern aus meiner Sicht eher dem Zeitvertreib dienen. Der Smalltalk- Anteil in der Alltagssprache wächst, Gebrauchssprache inklusive der Jugendsprache verkommen und Literatursprache klingt so exotisch, das sie sich wie eine Fremdsprache anfühlt. Der einstmals als sprachliche Institution existierende Duden ist nicht mehr so recht glaubwürdig und die Rechtschreibreformen haben alles Wissen rund um Rechtschreibung und Grammatik völlig unnütz in einen chaotischen Zustand versetzt, denn jetzt gibt es viel größere Unsicherheit im Sprachgebrauch als vorher. Es fällt mir schwer, da lösungsorientiert zu denken - der Sachverhalt ist sehr komplex.

B. Das ist er. Und es wird noch schlimmer. Denn dadurch, dass wir keine vernünftigen Wörter mehr nachfüllen, werden wir täglich dümmer. Bei mir ist es so, dass ich, wenn ich viel geschrieben oder gesprochen habe, so dringend neue Wörter brauche, wie andere Essen und Trinken. Wenn ich dann nicht lese, gerate ich in Unordnung. Wenn ich aber lese, dann merke ich, wie sich alles in mir wieder an die richtige Stelle rückt. Ein gutes Buch zu lesen entfaltet wirklich heilende Kräfte. Das ist dann wie in einem Kaleidoskop, wo alle Steinchen durcheinander gefallen sind und wie von Zauberhand plötzlich ein wunderschönes Muster bilden. Mit dem Schweigen ist es genauso. Wenn alles still ist, nur der Wind, Regen oder einfach gar kein Geräusch da ist, finde ich das zentrierend. Die Sprache findet dann wieder mehr im Innern statt, im Denken. Und von dort aus können sich neue, gute Worte bilden.

U. Zusammenfassend ist also weniger mehr, sprachliche Qualität wird fokussiert durch Auslese, im Vokabular und in puncto Angemessenheit und natürlich beim Herstellen einer soliden Beziehungsebene.

Pest und Corona

B. Wenn wir hier so sitzen, zwei Katzen, zwei Frauen und das Meer, kommt es mir so vor, als könnte nichts diesen Frieden stören. Irgendwo, weit weg, gefühlt ganz woanders bringt gerade ein Virus die ganze Welt durcheinander. Aber der Wind und die Wellen kümmern sich nicht darum.

U. Deshalb ist als Insulaner mein innerer Frieden tief verwurzelt. Ich verfolge die rasante Entwicklung um das Corona- Virus, bin dankbar für die medizinischen Möglichkeiten, die man im Mittelalter zur Bekämpfung der Pest ja garantiert nicht hatte und hoffe einfach, dass es bald vorbei ist. Das mag dir sicher etwas simpel erscheinen, aber für meine Vorstellung von Lebenswirk-lichkeit sind nur wenige Dinge wichtig: Sonne, Wind und Meer und ne Butterstulle. Alles andere ist Luxus, zugegebenermaßen würde der Verzicht auf Kaffee einen Entzug mit schwerwiegenden Folgen nach sich ziehen, aber letztlich... überlebenswichtig ist er nicht. Wenn ich die Nachrichten rund um Corona und Lockdown verfolge, dann bin ich mir dessen bewusst, wie wichtig und wertvoll mein innerer Frieden zur Bewältigung eines solchen Ausnahmezustands ist. In Aufregung versetzt er mich nicht, auch wenn es im persönlichen Leben Einschnitte gibt. Keine dramatischen, wo es um Leben und Tod geht, aber sie sind da. Ich besinne mich auf mein Fundament, atme tief durch und richte meinen Blick auf den Horizont überm Meer- mein Herr verlässt mich nicht.

B. Ich glaube, Du könntest eine Menge Geld damit machen, wenn Du anderen beibringen würdest, wie man so eine Gelassenheit erlangt. Aber dann wäre es natürlich auch aus mit dem inneren Frieden. Es sei denn, man findet so eine Art Gleichgewicht zwischen Lehren und Leben, dem am Meer natürlich. Wobei ich denke, dass Bergmenschen denselben Frieden ganz oben auf dem Gipfel finden. Mein Vater konnte davon früher nicht genug kriegen. Der musste unbedingt jeden Sommer in die Berge und am liebsten würde er das heute immer noch tun. Der langsame Aufstieg, bei dem man alles hinter sich lassen kann, der weite Blick, wenn man am Gipfelkreuz angekommen ist – das ist unbezahlbar. Und all das haben wir verloren, weil wir vergessen haben, dass dieser Friede ein Geschenk ist. In der Stadt, wo ich wohne, merkt man die Veränderungen durch Corona natürlich sehr. Nicht nur, weil auf einmal alle mit Masken rumlaufen. Die Energie ist eine andere, es liegt Angst in der Luft und zugleich ein fast aggressives "ich will leben" - Gefühl, eins, das damit verbunden ist, dass doch bitte alles so bleiben soll, wie es war: unbegrenzter Konsum, hinfliegen, wo man will, keine Party auslassen und jede Saison was Neues in den Schrank. Von den Folgen will keiner etwas hören. Luftverschmutzung ohne Ende, Insektensterben, Kinder, die schon jede Menge Mikroplastik im Körper haben – und natürlich nicht nur sie, wir auch … Die Ironie dabei ist: das, was wir wegschmeißen – zum Beispiel ins Meer, landet am Ende wieder auf unserem Teller.

U. Igitt, mein Beileid. Dann erklär mir mal die Logik, wenn in der Stadt, wo die Bevölkerungsdichte viel größer ist als hier im ländlichen Raum, die Menschen nicht erst recht symbolisch dichter zusammenrücken und sich solidarischer verhalten als üblicherweise, wie soll das Ganze dann enden, wenn nicht zwingend in der Katastrophe?

B. Gute Frage. Aber tatsächlich haben die es hier gar nicht so mit der Rücksichtnahme. Im Gegenteil. Wenn man, weil man wegen einer Vorerkrankung durch Corona besonders gefährdet ist, um Rücksichtnahme und Einhaltung der Hygieneregeln bittet, gibt's oft noch blöde Sprüche. Vielleicht liegt es daran, dass da, wo ich wohne, zwar viele Menschen zusammen leben, sie aber nicht besonders miteinander verbunden sind. Und dann ist es ja egal, wenn jemand, der eine Straße weiter lebt, hopps geht, weil man den eh nicht kennt. Unsere Gesellschaft ist ganz schön egoistisch geworden. Wir denken als erstes daran, welche Rechte wir haben und fordern die auch dann ein, wenn es gar keinen Sinn macht. Ich glaube, da könnten wir von den alten Römern lernen.

Die haben ihren Staat Gemeinwesen genannt. Ein Wesen ist etwas Lebendiges. Da ist gleich klar, dass man sich darum kümmern muss.

U. Freiwillige, aber moralisch verbindliche Verpflichtung – genau das ist es. Sieh dir meine beiden Braunen an, Aramies und Cicero, ich kümmere mich um sie selbstverständlich, denn sie gehören zur Familie, aber sie kümmern sich auch umeinander sehr liebevoll. Einer leckt den anderen, sie ruhen Rücken an Rücken und wenn der eine augenscheinlich keine Lust hat, mit dem anderen etwas zu unternehmen, dann nimmt er das nicht krumm, sondern toleriert das. Obwohl es beides Kater sind, leben sie wie ein altes Ehepaar miteinander, in Liebe einander zugeneigt, vertrauensvoll und beständig. Ich erlebe die Verbundenheit zu den beiden als großes Geschenk, wenn es bei allen Menschen nur annähernd so sein könnte, dann wäre alles in bester Ordnung. Egal, ob mit Corona oder ohne, Menschen müssen sich auf ihr Menschsein besinnen, denn das ist eines der wesentlichen Dinge.

Lernen ist verschieden

B. Das Beste an diesem ganzen Coronagedöns ist ja, dass man jetzt zuhause arbeiten kann. Wir haben schon gewitzelt, dass es für unsere Tochter eine Gnade gewesen wäre, wenn sie bei uns hätte lernen dürfen. Ist ja auch seltsam, dass Homeschooling überall in Europa möglich und nur in Deutschland verboten ist. Aber

vielleicht ändert sich das ja nun.

U. Auch wenn es in deinem Fall sicher so stimmt –diese Meinung teile ich nicht. Klar, von zu Hause lernen klingt erstmals verlockend, kein frühes Aufstehen mehr, kein Gedränge im Bus, keine nervigen Mitschüler, Lernen im eigenen Tempo. Aber hast du auch bedacht, was passiert, wenn die Eltern berufstätig sind? Das bedeutet, das Kind hat niemanden, der es anleitet dem Tag eine Struktur zu geben und selbst wenn es schon vorher geübt hat, bedarf es ziemlichgroßer Disziplin, um sie durchzuhalten. Die Zahl der Versuchungen, sich abzulenken ist groß und mitunter im wörtlichen Sinne gefährlich. Und dabei rede ich lediglich von einem normalbegabten Kind. Was ist mit den unterdurchschnittlichen oder denen, die aus irgendeinem Grund speziellen Förderbedarf haben? Die hätten keine Chance, das ist die traurige Wahrheit. Homeschooling könnte überhaupt nur funktionieren, wenn mindestens ein Elternteil diesen Auftrag verantwortungsbewusst mitträgt und diesem selbst auch gewachsen ist. Das ist eine große Herausforderung und ich wage zu bezweifeln, dass das Gros der Menge sich dieser kann und könnte.

B. Das ist vollkommen richtig. Total verkehrt finde ich aber, dass Homeschooling bei uns verboten ist. Klar brauchen wir Schulen. Und ich kenne fantastische Lehrer, ohne die die Welt wirklich ärmer wäre. Aber es müsste doch möglich sein, dass bei uns so wie in Frankreich, Großbritannien, Skandinavien den USA und ich weiß nicht wo sonst noch überall Kinder auch Zuhause lernen dürfen, wenn sie es können. In den USA gibt es dafür fantastische Programme, das geht alles Online. In Australien und in Kanada gibt es Gegenden, wo die Kinder es viel zu weit zur Schule hätten und gar keine andere Möglichkeit haben. Hierzulande musst Du mit Kindesentzug rechnen, wenn Du klug genug bist, Dein Kind selbst zu unterrichten, nur weil die Politiker meinen, das dürften nur Fachleute machen. Wenn man bedenkt, dass es Adolf Hitler war, der die Schulpflicht eingeführt hat, finde ich das schon merkwürdig ... Denn es gibt ja auch Kinder, die in einer ruhigen Umgebung und mit flexiblem und personalisiertem Lernprogramm, das die Zeitfenster berücksichtigt viel besser zurecht kämen.

U. Auf alle Fälle bin ich mir sehr sicher, dass die Formen des herkömmlichen Lernens nicht mehr effektiv sind und das deutsche Schulsystem einer gründlichen Kernsanierung bedarf. Lehrer werden im Schnitt immer älter und da es an Nachwuchs mangelt, auch immer rarer. So hat die Stunde für alle Quereinsteiger geschlagen, die aus meiner Erfahrung genau das tun, was der Begriff wörtlich meint. Nicht, weil sie allgemein zu blöd zum Unterrichten sind, sondern weil das System gar nicht flexibel genug ist, Menschen, die den Beruf des Lehrer aus dem Stand ausüben möchte, fokussiert unterstützt. In der Wirklichkeit ist es doch eher so, dass der Blick von außen sich reduziert auf: der Lehrer unterhält eine Stunde lang die Schüler und dann wechselt er die Klasse, dann geht's wieder von vorn los. In der Realität switcht der Pädagoge zwischen den Kursstufen im 90' Takt, zwischen Leistungskursen im Abitur und quirligen Fünftklässlern, die im schlimmsten Fall alle nach Muttis Annahme hochbegabt oder insgesamt verkannt sind, wenn's schlecht läuft beides. Das heißt dann übersetzt, ein Lehrer muss 4 mal 90 Minuten am Tag wie ein hochqualifizierter Animateur durch die Schule flitzen, um sowohl den unterrichtseigenen als auch den formalen Verwaltungsangelegenheiten der Schule gerecht werden zu können und das sind beileibe ausufernd viele. Dann wird Zeit gebraucht für Elterngespräche, Vor- und Nachbereitungen, Korrekturen und und und. Trotzdem finde ich das persönliche Lehrer- Schüler-Verhältnis extrem wichtig, denn wenn es schlecht läuft, dann lernt das Schülerexemplar eben für mich. Nein, ich bleibe dabei, Online-Lernen sollte es nur für Ausnahmen geben, der Regelfall gehört in die Schule.

B. Da hab ich kein Problem mit. Ich fände es nur gerecht, wenn es in Deutschland das Recht auf Homeschooling für die gäbe, denen das gut tut und zwar egal, ob die dann von ihren Eltern lernen, Onlinekurse nutzen oder, wenn sich, wenn sie älter sind, den Stoff aus Schulbüchern selbst aneignen. Es wäre dann ja auch möglich, zwischen den Systemen zu wechseln. Eine Freundin meiner Tochter, die in Amerika lebt, hat dort zunächst einige Jahre lang eine öffentliche Schule besucht und hat sich in den höheren Jahrgängen dann für Homeschooling entschieden. Jedenfalls bin ich gespannt, ob die Corona Pandemie in dieser Hinsicht eine Änderung bewirkt. Wünschenswert wäre es.

U. Ich glaube, wir brauchen erstmals eine kleine Verschnaufpause. Die beiden Miezen sehen aus, als würden sie gleich verhungern und die Sonne ist fast versunken. Es wird kühl hier, da hilft auch der Tee wenig. Lass' uns umziehen in den alten Leuchtturm, ganz nach oben, wo der Blick frei rundum ist.

Szenenwechsel

So, schon viel besser. Das Öfchen ist an, der olle Sessel ist gemütlich und ich habe den Blick durch die ziemlich angelaufenen Fenster erst mal ausführlich genossen. Muss schon toll sein, Leuchtturmwärter zu sein, den Blick immer aufs Meer gerichtet, egal, wie das Wetter ist. Und wie mag es hier oben wohl sein, wenn dichter Seenebel aufgezogen ist und die Hand vor Augen kaum zu sehen? Dann wird es bestimmt ein bisschen unheimlich und dann wird einem sicher klar, welche Verantwortung so ein Leuchtturmwärter hat. Auf seine Signalgebung sind dann alle existenziell angewiesen, es darf kein Fehler passieren, auch nicht aus Versehen.
Bei Wolfgang Borchert heißt es „Ich möchte Leuchtturm sein in Nacht und Wind - für Dorsch und Stint, für jedes Boot - und bin doch selbst ein Schiff in Not…"
Ich mag dieses Gedicht, weil es mir persönlich so nah ist. In der Familie, auf Arbeit, mit Freunden, einfach überall wird von mir erwartet, Rat zu geben und hilfreich zu sein. Das hat sich so eingebürgert, dass es mir auch nicht komisch vorkommt, es macht ja auch Spaß, für andere da zu sein und es befriedigt mich, wenn ich helfen konnte. Ein Lächeln im Gesicht des Gegenüber; wenn andere mit mir und meinem Geleisteten zufrieden sind – wo ist der Haken? Ganz klar – ich darf nie die Orientierung verlieren; ich muss immer wissen, wo's lang geht, damit ich tatsächlich nicht auch „in Not" gerate. Das sagt sich so leicht und ist genau das unbeschreiblich Schwere. Im Regelfall weiß ich zwar genau, was ich will, aber nicht alles ist ja meiner Zielfindung unterlegen und manches Schicksal will so gar nicht dazu passen … und plötzlich steht das Räderwerk still. Nichts geht mehr und bloße Mitleidsbekundungen sind sicher nett gemeint, aber wenig hilfreich. Wenn das Schiff schwankt, muss der Kapitän alle Register ziehen. Mitten im Sturm, wenn die

Wellen meterhoch branden, kann ich mich nicht zurückziehen und darauf verweisen, dass mir schon was einfallen wird, nein, ich muss mich besinnen auf das, was nun existentiell wichtig ist. Was ist das? Was bedeutet das für dich?

B. Meine Hoffnung, meine Freude, meine Stärke und mein Licht haben einen Namen: Jesus Christus. Er ist für mich Weg, Wahrheit und Leben. Das ist eine ganz persönliche Beziehung, eine die mich trägt, umfängt und tröstet. Und Er ist derjenige, der mein Leben lenkt. Auch wenn ich natürlich Tag für Tag ziemlich viel selbst tun muss und auch will weiß ich, dass ich nie allein bin. Das gibt mir die Kraft für jeden einzelnen Tag. Und das ist enorm wichtig. Denn es gibt natürlich Dinge im Leben, die alles außer Kraft setzen, die dem, was vorher normal schien, eine vollkommen andere Farbe geben. Dass ich in solchen Situationen bei Christus, in seinem Herzen geborgen bin und das nicht nur eine Kopfsache, sondern wirklich ein zentrales Gefühl ist, hilft mir sehr. Denn gerade in Krisensituationen, wenn man einen Menschen verliert, ungerecht angegriffen wird oder einfach wie jetzt, in der Corona Pandemie, die Welt mal eben so aus den Fugen gerät, wird ja sehr schnell klar, auf welche Menschen man sich wirklich verlassen kann. Die Zahl ist oft überschaubar und manchmal sind nicht mal die engsten Angehörigen unter ihnen. Im Gegenteil, manchmal hilft einem jemand, der viele hundert Kilometer weit weg ist mehr als einer, mit dem man zusammenlebt.

U. Da stimme ich dir hundertprozentig zu. Vielleicht ist es auch die Distanz, die mir erlaubt ehrlicher zu sein und ganz direkt anzusprechen, wovor ich mich möglicherweise fürchte. Sich konfrontieren ist ja anstrengend und die bequemere Variante des moderaten Mittelwegs ist alltagstauglicher. Sich auf jemanden verlassen können ist etwas ganz wichtiges, das erkannte der Heilige Benedikt vor geraumer Zeit schon und wie recht er hatte. Wenn ich die Sachlage mal direkt betrachte: was ist denn heute noch verlässlich? Die Politik ist genauso unzuverlässig wie der Wetterbericht , Journalismus arbeitet und recherchiert oft mit unterirdischen Niveau, Verwandtschaft kann man sich nicht aussuchen und plötzlich bleibt nicht mehr viel übrig. Dann ist Ende und es hilft scheinbar nichts. Was tust du, wenn dir so zumute ist?

B. Beten und lesen. Das sind meine zwei Zaubermittel, wenn alle Stricke reißen. Aber ich hab Glück, weil ich ja Dich habe, deshalb ist das Ende noch nicht in Sicht. ☺

Tatsächlich glaube ich, dass Freundschaft etwas unglaublich kostbares ist. Sehr selten und deshalb umso wertvoller. Das ist heute vielleicht nicht ganz leicht zu verstehen, weil man auf Facebook ganz fix viel mehr Freunde zusammenkriegen kann, als ein normaler Mensch in Echt jemals hat. Aber wenn man das Glück hat, ein, zwei oder sogar drei richtige Freunde zu haben, ist man wirklich reich. Dann fällt man zwar immer noch in ein tiefes Loch, wenn irgendetwas Schreckliches passiert, aber man sitzt dann nicht lange allein da, weil sich jemand, der einen gern hat, aufmacht, und mit einer Taschenlampe und einer Tafel Schokolade da runter

steigt und einen ganz langsam wieder rausholt. Mit Benedikt hast Du übrigens etwas Wichtiges angesprochen. Seine Regel entstand ja in einer Zeit, die unserer ziemlich ähnlich ist. Migrantenströme durchzogen das zerfallende Römische Reich, die Justinianische Pest brach elf Jahre nach der Gründung von Montecassino aus und sie war ja keineswegs die einzige Pandemie, die die Menschen damals im Zuge der kleinen Eiszeit plagte. Ich habe kürzlich das Buch Fatum von Kyle Harper gelesen in dem er die damaligen Klimaveränderungen, die Pandemien und die politischen Verhältnisse in Beziehung setzt. Das ist hoch-interessant und genau die Situation, in der Benedikt schrieb. Als Sohn begüterter Eltern war er ja zum Jurastudium nach Rom gegangen, aber die Art, wie die meisten Menschen dort lebten, Brot und Spiele, kein Sinn für Spiritualität, hat ihm so wenig gefallen, dass er sein Studium abgebrochen hat und Einsiedler geworden ist. Allein mit sich selbst, reduziert auf das absolut Wesentliche hatte er nichts mehr, um sich abzulenken. Und genau so ist er zu dem weisen Ratgeber geworden, der das Leben so vieler Menschen über die Jahrhunderte geprägt hat.

Meine Meinung zählt

B. Toleranz ist für mich essentiell. Darum regt es mich echt auf, dass einige, die besonders lautstark Toleranz einfordern, in letzter Zeit total intolerant geworden sind.

U. Ich finde Toleranz nicht einfach nur extrem wichtig, sondern lebensnotwendig. Wenn wir nicht respektieren wollten, wie jeder Einzelne mit seinen Verschiedenheiten das Leben bunt macht, wie arm wären wir doch. Klar rege ich mich im Alltag manchmal auf, über den zu langsamen Autofahrer vor mir, über den langen Datenübertragungsweg im Hirn anderer, über ungesundes Essen in der Kantine oder sich endlos ziehende, langweilige Sitzungen. Warum? Weil ich in diesem Augenblick immer glaube, ich könnte es besser. Natürlich stimmt das nicht, ich kann natürlich nicht alles besser, aber darauf muss ich erst mal kommen. Ich muss mir klar machen, dass ich nicht der Mittelpunkt allen Seins bin und in jedem Fall den anderen überlegen. Ein großer Gedankengang weiter in diesem System, wo im Prinzip jeder zuerst an sich denkt, bevor ein Gedanke an den Nachbarn Platz hat.

Aber weißt du, in dem Moment, wo ich mir klar vor Augen führte, dass mein Nächster mir so lieb ist wie ich es mir bin, seitdem fühle ich mich wirklich gut. Wenn jetzt ein Mitmensch nicht nach meinem Plan reagiert- kein Problem, vielleicht hat er große Sorgen um seine Familie oder um seine Arbeit? Vielleicht wäre er auch viel entspannter, wenn ihm jemand zuhören und ernst nehmen würde damit und möglicherweise braucht er jemanden der ihn nimmt und sagt, komm mein Freund, ich helfe dir.

B. Jetzt sind wir sogar schon einen Schritt weiter, glaube ich. Es gibt ja Unterschiede zwischen Toleranz, was in meinen Augen so viel heißt wie, akzeptieren, dass jemand andere Werte hat als ich, sein Leben auf bestimmten Grundsätzen aufbaut, die ich nicht teile,

Gelassenheit – wenn ich darauf verzichten kann, mich aufzuregen, wenn etwas nicht so läuft, wie ich mir das denke – und dem ersten Gebot, Gott zu lieben und den Nächsten wie mich selbst, der hohen Schule des Miteinanders.

U. Ja, ich denke an diesem Beispiel ist auch gut zu sehen, dass so ein christliches Gebot allgemein gültig ist, also völlig universell für jeden Menschen, unabhängig von seiner Religionszugehörigkeit, gelten kann und muss, im Sinne einer humanistisch geprägten Gesellschaft in Anlehnung an den von den Griechen thematisierten Logos, also die Vervollkommnung des Menschen über alles Rohe hinweg zum Geistigen. Das finde ich auch heute noch voll akzeptabel und wichtiger denn je. Schauen wir mal auf die lange Online-Zeit des Lernens, als wir im ersten Lockdown waren, im Frühjahr. Das ist ein klassische Beispiel, wie die Prioritäten – zwar auch vorher schon – überdeutlich gesetzt wurden; aber da gab es keinerlei Zweifel: die humanistischen bzw. schöngeistigen Unterrichtsfächer sind immer die, bei denen gekürzt, gespart und gestrichen wird. Die landläufige Meinung, rechnen und schreiben ist klar, das brauchste später auch noch, das andere … na ja. Und genauso war es eben auch, als beim Online-Learning über diese lange Dauer Aufgaben zur Verfügung gestellt werden mussten. Natürlich hat jeder Fachkollege das getan, aber wie groß ist die Akzeptanz bei Kindern und Jugendlichen, wenn sie über Wochen mit Aufgaben behängt werden, mit denen sie sich völlig verständlich oft allein gelassen fühlen? Aus meiner Sicht ist es nachvollziehbar, wenn nach einiger Zeit angefangen wird zu sortieren, erst mal die Hauptfächer und dann alles andere. „Alles andere" flacht in kürzester Zeit zu „gar nichts mehr" ab und das war es dann, mit der so wichtigen künstlerischen und musischen Bildung. Wo bleibt die humanistische Bildung in den so wichtigen

Schuljahren? Das Ergebnis dessen hören, sehen oder erleben wir im schlimmsten Fall: eine immer weiter voranschreitende Verrohung unserer Mitmenschen. Es gibt keinen Tag an den ich mich erinnere, der nur frohe und positive Meldungen gehabt hat. Und das hat meiner Meinung nach in den letzten Jahren erst mal richtig Fahrt aufgenommen. Wo sind sie hin, die Dichter und Denker, die Humanisten und Schöngeister?

B. Weg wie Schmitz Katz, würde ich sagen und keineswegs so verlässlich anwesend wie Aramies, Bastet und Cicero, die sich hier gerade so gemütlich zwischen uns zusammengerollt haben, zumindest, was den schulischen Bereich angeht. Da führen die kreativen Fächer tatsächlich ein Schattendasein. Zu Unrecht. Denn es ist ja sogar durch wissenschaftliche Studien erwiesen, dass beispielsweise regelmäßiges Musizieren l eistungssteigernd wirkt und dass Kunst das Raumverständnis verbessert. Also selbst diejenigen, die keine künstlerische Ader haben und denen Mathe wichtiger ist als Musik, sollten deshalb eigentlich Wert darauf legen, dass die kreativen Fächer regelmäßig auf dem Plan stehen. Aber Du hast vollkommen Recht, am wichtigsten sind sie für die Persönlichkeitsbildung. Das ist kein Zufall. Person kommt ja vom lateinischen personare, was hindurchtönen heißt. Eine Person ist immer auch ein Schwingungsphänomen. Das müsste die Physiker jetzt eigentlich faszinieren. Und das tut es ja bestimmt auch. Ich denke da an das wunderbare Experiment, dass mein Physiklehrer mal gemacht hat – das einzige Mal, als er meine ungeteilte Aufmerksamkeit genoss. Da hat er nämlich einen Haufen kleiner Eisenspäne auf eine Platte gestreut und dann mit einem Bogen dran lang gestrichen. Da haben sich die Späne zu Mustern sortiert. Und genau das geschieht, wenn Menschen Musik hören und mehr noch, wenn sie selbst musizieren. Sie kommen dann in Ordnung. Eigentlich müsste jeder Staat also ein hohes Interesse daran haben, dass seine Bürger ausreichend musikalische Angebote bekommen. Otto Schily, unserer früherer Bundesinnenminister hat, hat mal gesagt: "In jeder Stadt, in der eine Musikschule geschlossen wird, muss wenig später ein Jugendknast gebaut werden." Die alten Griechen haben das natürlich auch schon gewusst. Platon wollte in seinem idealen Staat ja sogar vorschreiben, welche Tonarten verwendet werden dürfen.

U. Und das kann ich auch gut nachvollziehen, denn das hat er vermutlich gemacht, weil einige wenige „starke" Tonarten das theoretische System dominieren sollten, analog, wie die zersplitterten Kulturen in der griechischen Antike beherrscht werden sollten von einer Leitkultur, als Zusammenführung des ethischen Pluralismus quasi. Aber lassen wir den ollen Plato mit seinen Tonarten, ich kann die alle gut tolerieren, obwohl ich zugeben muss, dass ich auch welche bevorzuge. Warum kann ich gar nicht an Fakten fest machen, es gibt sie eben, die Haustonarten. Da erklingt der erste Akkord und Zack- da bewege ich mich völlig frei. Manchmal vergesse ich das ein bisschen, weil es schon immer so ist, aber mitunter, wenn eine Partitur in gefühlt etwas unangenehmer Tonart aufliegt, dann ist es sofort wieder da, das Gefühl.

B. Das kenn ich. So eine Zuhausetonart ist für mich wie eine Landschaft, in der ich mich auskenne. Da muss ich nicht groß aufpassen, um mich zu orientieren, das geht ganz fließend. Und was Plato angeht, der hatte mit seinen Tonarten natürlich schon einen doktrinären Zug. Musik wirkt im positiven Sinne erzieherisch, aber sie kann natürlich auch manipulativ eingesetzt werden. Ich habe vor einigen Jahren mal den Film Hitlerjunge Quex gesehen. Der ist eigentlich verboten, darf aber in bestimmten Settings vorgeführt werden. Bei uns hat das der historische Verein gemacht. Und es war äußerst lehrreich, wie geschickt die Musik in diesem Propagandafilm eingesetzt wurde. Das erschreckende war, dass einige der anwesenden Jugendlichen das Titellied "Unsre Fahne flattert uns voran" am Ende begeistert mitgesungen haben.

U. Das erinnert mich ein bisschen an DDR - Zeiten, also das Liedgut meine ich. Immer schön im straffen 4/4, gut gereimt und Kreuztonart. Also nicht falsch verstehen, es gab durchaus schöne Lieder, aber die meisten wurden natürlich für ideologische Zwecke genutzt, nämlich die sogenannten Kampf- und Arbeiterlieder. Ganz besonders sind mir auch die russischen Pendants in Erinnerung, die waren immer sehr eindringlich, meist in Moll. So hat jede Zeit ihrs und hieran kann man gut sehen, wie wichtig Toleranz ist, denn auch dieses Stück Geschichte hat seinen Platz in unserer Biografie.

Weglaufen bringt nichts mehr

B. Jetzt haben wir den Salat. Da haben wir nun jahrzehntelang alles getan, um den Tod aus unserem Alltag zu verdrängen. Aber das nützt nun alles nichts mehr. Denn mit Covid können sich weltweit alle anstecken und kein Mensch weiß bisher genau, warum die Krankheit bei manchen einen leichten Verlauf nimmt und bei anderen tödlich endet. Es sind schon über Hundertjährige geheilt aus dem Krankenhaus entlassen worden und 25jährige gestorben. Ich fürchte, wir können so nicht mehr weitermachen und müssen der Tatsache ins Auge sehen, dass unser Leben endlich ist. Tja, und dann stehen wir vor der großen Frage: was kommt dann.

U. Ich vermute die Beerdigung.

B. Da wär ich jetzt im Leben nicht drauf gekommen. Ist aber auch ein interessantes Thema. Als ich die Ausbildung zur Zelebrantin gemacht hab, in diesem Onlinekurs mit River Jones, hab ich eine Menge über Beerdigungen gelernt. Zum Beispiel, dass in den letzten Jahrzehnten eine Menge Chemikalien eingesetzt wurden, sodass die Friedhöfe jetzt im Grunde saniert werden müssten und dass da eine Umkehrbewegung stattgefunden hat. Beerdigungsriten und Bestattungs- formen sagen ja eine Menge darüber aus, welches Verhältnis zum Tod wir haben. Wenn einer seinen Angehörigen verbrennen und aus der Asche einen Diamanten herstellen lässt, ist das ja etwas anderes, als wenn einer sich auflösen und durchs Abflussrohr spülen lässt. Ich hab vergessen, wie das heißt, aber in Amerika ist das schon erlaubt. Verrückt, wenn Du mich fragst.

U. Da finde ich ziemlich viel verrückt, wenn ich ganz ehrlich bin – Amerika ist nichts für mich – zu viele Möglichkeiten. Mal abgesehen von der Entsorgungs-varianten der Toten, fällt mir nichts ein, was meine Biografie nachhaltig amerikanisch beeinflusst hätte. Klar sind Burger, Mickey und Hollywood bekannt, aber das Klischeehafte ist mir zu viel. Nein, mag das Deutsche auch ein bisschen konservativ und nicht allzu flexibel sein, ich habe keine Auswanderergelüste. Was mir wichtig ist, hat hier seinen Platz und ich denke - weglaufen bringt nichts. Egal wo, kriegt das Leben mich wieder ein; ich muss mich dem stellen, ob ich das gut oder schlecht finde. Falls ich mal die Übersicht verloren habe im Alltagsgetümmel, ziehe ich mich zurück und sortiere und atme mal tief durch. Das hilft. Meistens. Wenn nicht, brande ich tsunamiartig durch deine Telefonleitung und hole mir Rat. Geht auch. Und was überhaupt immer hilft –Gebet.
Und danke für das amerikanische Abflussrohr, ich werde mich rächen.

Reif für die Insel

B. Puh ist das kalt geworden. Lass uns das Öfchen mal noch ein bisschen anheizen und einen neuen Tee aufsetzen. Wenn's dunkel wird, ist nichts gemütlicher, als ein schöner heißer Tee, wenn der Wind um unseren Leuchtturm tost. Dann fühle ich mich hier wie auf der sprichwörtlichen einsamen Insel. Die ist ja, wenn man so will, mein geistiger Lieblingswohnsitz. Das bringt mich zu der berühmten Frage, welche drei Dinge man am liebsten mit auf die Insel nehmen würde. Jetzt ist die erste Frage natürlich, ob wir auf der Insel Strom haben. Sonst können wir ja die Kaffeemaschine nicht anschließen. Und mein Kindle mit den tausend Büchern müsste dann auch zuhause bleiben.

U. Das ist von vornherein nicht gut bedacht, denn dass auf einer einsamen Insel kein Strom ist, ist ja klar. Also rüste ich meinen Kaffeeautomaten so auf, dass er durch Solarpads energetisch versorgt wird. Bliebe noch zu klären, ob da Kaffee wächst, sonst wäre es ohne

Ressourcen ja witzlos. Sollte die Annahme ad absurdum geführt werden, dann gibt's noch eine Alternative: Jelly Beans, die sind Spitze, weil sie jeden Geschmack imitieren, kleinstes Packmaß haben und vermutlich auch 100 Jahre später noch genießbar sind, bestenfalls ein bisschen weniger aromatisch, aber das geht. Und dein Kindle? Müsstest du genauso aufrüsten, aber wenn kein Netz ist – was willst du dort laden?

Ich weiß, was wir mitnehmen müssten: sehr viel Papier und Stifte, damit wir selber schreiben können, von dem, was uns bewegt, was uns an Geschichten einfällt, Zeit ist doch reichlich da. Das wäre sicher eine unerschöpfliche Quelle- wir selbst.

B. Das ist eine wunderbare Idee! Also: Papier und Stifte nehmen wir mit und Netz brauch ich keins, weil ich ja schon 1000 Bücher geladen habe. Allerdings heißt das nicht, dass ich nicht noch einen Stapel richtiger Bücher mitnehmen würde.... Also von mir aus wär´s das. Papier, Stifte, Bücher, Kindle, Solarpanel, Kaffeemaschine, vielleicht noch Messer, Gabel, einen Teepott, und ach ja, einen Vorrat schwarzen Tee und na gut, ein paar Klamotten. Dann wären wir eigentlich komplett oder fehlt Dir noch was zum Inselglück?

U. Auf jeden Fall: was gegen Kälte

B. Wieso, gehen wir nicht in die Karibik? Andererseits .... Ich mag die Ost- und Nordsee eigentlich am liebsten .... Also sollten wir vielleicht vorsorgen und einen Kohlevorrat mitnehmen.

U. Kohlen? Die sind mörderschwer, nee, das geht nicht. Ich erbitte einen akzeptablen Vorschlag! Ach, da fällt dir wohl nichts ein, einfach abhauen gibt's aber nicht, los jetzt, du hast mit den Kohlen angefangen.

B. Wo Du Recht hast … Aber ich bin ja auch dumm. Wenn wir ein Solarpanel mitnehmen, können wir damit auch heizen. Vielleicht wäre so eine Miniwindanlage auch nicht verkehrt. Also weißt Du ich glaub da muss ich mich erst mal schlau machen. Andererseits, ich glaub wir sind ein bisschen vom Thema abgekommen. Bei diesem Inselgedankenspiel geht es ja eigentlich darum, festzustellen, was einem am Wichtigsten ist. Das heißt, wenn Du mitkommst, ist das schon mal klasse. Und wenn ich dann noch Bücher, Papier, Stifte, Kaffee und Tee habe, müssen wir uns um den ganzen Technikkram keine Sorgen machen. Was mich an dieser Art Spielen fasziniert, ist, dass man eine Ahnung davon bekommt, was man alles nicht braucht. Das ist wirklich eine ganze Menge….

U. Klamotten zum Beispiel.

B. Ja, genau. Also ich hab so ein paar Standardsachen, möglichst bequem und nicht groß verschieden. Und wenn die lange halten, ist mir das am liebsten. Jede Saison was Neues zu kaufen, würde mich wahnsinnig machen.

U. Dann bist du eine Modemufflerin? Das klingt nicht sehr aufregend.

B. Ne, was das angeht, bin ich eine echte Schlafpille. Mit Mode kannst du mich nicht hinterm Ofen hervorlocken.

U. Die gute Nachricht ist, das muss ich auch gar nicht, weil auf der Insel ja keine sind. Ich denke, unsere Phantasie reicht schon ein paar Tage weit, um keine Langeweile aufkommen zu lassen. Und außerdem bist du die kurzweiligste Gesprächspartnerin die ich kenne.

Die Zeitmaschine

B. Tja, wenn das so ist, bring ich doch gleich mal ein neues Thema auf den Tisch. Ne, Cicero, nicht du, ein Thema. Ich glaube, er denkt, er wäre gemeint. Naja, vielleicht wird das sogar noch was. Ich wollte Dich nämlich fragen, was Du ins Display eintippen würdest, wenn Du eine Zeitmaschine hättest und es darum ginge, den Zielort festzulegen. Damit das dann gleich mal klar ist, ich würde auf jeden Fall ins alte Rom reisen. Und

Cicero würde ich fragen, ob er mit will, denn dann könnte er mal seinen berühmten Namensvetter kennenlernen.

U. Niemals, mein Kleiner bleibt hier, Anwälte lebten im alten Rom gefährlich. Ja wohin würde ich wollen? Da muss ich kurz nachdenken...ich würde gern mal in die Zeit der franko-flämischen Choralpolyphonie reisen und mich dort umsehen, genau wie später die Herren Mussorgski und Rimsky-Korsakow besuchen. Am allerliebsten würde ich aber in die Zukunft, so ein Geschichtsfreak bin ich nicht. Die Geschichte ist wie sie ist, aber die Zukunft könnte ich ändern. Das erscheint mir attraktiver.

B. Ok, dann nehme ich Bastet mit. Sie war ohnehin beleidigt, dass ich Cicero ins Gespräch gebracht habe. Gegen eine Romreise hat sie nichts, sie will dann aber auf jeden Fall weiter nach Ägypten um den Tempel ihrer göttlichen Namenspatronin zu besuchen. Da muss ich gut auf sie aufpassen, denn die haben für die Pilger dort Katzenmumien in ihrem Devotionalienladen. Vielleicht reise ich dann doch besser ohne Katze. Bei mir ist es umgekehrt. Die Liste der Orte und Zeiten in der Vergangenheit, die ich mir gerne mal ansehen würde, ist unglaublich lang. Das Kloster Hildegard von Bingens ist natürlich mein Ziel. Da würde ich sehr gerne mal eine Zeitlang leben. Natürlich möchte ich auch mit ihr auf Predigtreise gehen. Mitzuerleben, wie sie dem Klerus von Köln den Kopf gewaschen hat, wäre ein Genuss. Allein diese Stelle einmal live zu hören: "Ihr seid Finsternis, die Nacht aushaucht und mit eurem leeren Getue vertreibt ihr allenfalls im Sommer einige Fliegen" wäre unbezahlbar. Natürlich würde ich gerne in ihrem Scriptorium arbeiten, hören, wie sie ihre Gesänge singt, Volmar kennenlernen ... Naja, und wenn ich schon mal im 12. Jahrhundert wäre, würde ich sehr gerne auch

Bernhard von Clairvaux treffen. Ihn predigen zu hören wäre ein so wundervoll! Und Abaelard! Eine seiner Vorlesungen zu hören wäre ein Hochgenuss. Heloise würde ich in ihrem Kloster Le Paraclet auf jeden Fall auch besuchen. Und vielleicht könnte ich Hildegard überreden, mir ihren Brief an Eleonore von Aquitanien mitzugeben, denn die würde ich sehr gerne auch mal persönlich treffen. Meiner Geburtsstadt Bremen würde ich bestimmt einen Besuch abstatten, um Bischof Hartwig kennenzulernen und Richardis von Stade, Hildegards beste Freundin, in ihrem Kloster in Bassum zu treffen. Im 12. Jahrhundert hätte ich eine ganze Menge zu erledigen...

Naja und die Hofschule Karls des Großen zu besuchen, wäre ein Traum! Ein Gespräch mit Alkuin von York wäre ein Erlebnis. Ich möchte Kaiserin Theophanou kennenlernen. Ich möchte Walburga, Willibald und Bonifatius bei ihrer Missionsarbeit helfen. Mit Thomas von Aquin nach Köln zu wandern, wäre auch nicht schlecht. Franziskus Vogelpredigt würde bestimmt unter den Top Ten meiner Lieblingspredigten landen.

Ich wäre gern dabei, als Bischof Karl Borromäus das Grabtuch von Turin verehrte... Natürlich möchte ich in die Zeit Jesu reisen ... das würde ich so gerne ...

Die Zukunft lass ich aber Zukunft sein, die ändert sich eh jeden Tag durch das, was wir tun und lassen ... ich glaub, da kann man gar nicht hinfahren ...

U. Nee, kann man nicht, weil man sich beamen muss. Das wäre dann wiederum auch für dich interessant, denn das ginge natürlich auch in die Vergangenheit. Aus deiner Antwort spricht die Theologin und Historikerin. Das verstehe ich.

Ich möchte mal auf den Vulkan, dort scheint es so herrlich sachlich und außerdem ist die Entwicklung moderner Technologie höchst interessant. Fazit: unsere

Wege kreuzen sich wohl nicht. Andererseits, wer weiß, worauf du so kommst unterwegs, dann ändert sich meine Reiseroute auch, also Barbara, bitteschön nur gucken, nichts anfassen.
Auf jeden Fall, wäre mein größter Wunsch, egal wohin wir reisen- dass Menschen sich mit Respekt begegnen und friedlich miteinander leben.

B. Jetzt hast Du was gesagt … zum Vulkan komme ich natürlich mit. Denn weißt Du, wenn das mit der String Theorie stimmt und wir es mit einer Reihe paralleler Universen zu tun haben, die sich mitunter berühren, dann könnte es durchaus sein, dass wir beide vulkanische Vorfahren haben und es wäre klasse, die mal persönlich kennenlernen zu können. Davon abgesehen denke ich mir, dass wir uns dort einfach wohl fühlen könnten. Wir müssen aber daran denken, dass wir unsere Katzen auf diese Reise mitnehmen. Nur für den Fall, dass wir uns nicht dazu entschließen können, die Rückreise anzutreten.

U. Obwohl es ja eher so aussieht, dass diese Theorie nicht stimmt, bin ich doch in Versuchung geführt, einfach anzunehmen, dass sie wahr ist. Das wäre großartig, wenn die Reisetechnologie mit der Beamerei so komfortabel ist, dass man nicht mehr Ewigkeiten dem Fliegen ausgesetzt wäre und das würden auch die Miezen tolerieren. Gibt's auf Vulkan eigentlich analoge Lebewesen?

B. Das ist eine gute Frage. Ich habe gerade mal nachgesehen, aber es scheint zumindest kein Allgemeinwissen darüber zu geben. Es wäre also vernünftig, dass wir doch erst mal besuchsweise auf den Vulkan reisen, bevor wir uns mit Übersiedlungsplänen beschäftigen. Denn dass unsere Katzen sich dort, wo wir leben, nicht wohlfühlen, geht ja gar nicht!

Konzentration ist alles

B. Wo wir gerade beim Thema Reisen sind, fällt mir dieser Spruch eines alten Mönches ein, der zu einem seiner Brüder sagte: "Geh in deine Zelle, sie wird dich alles lehren." Jetzt, mitten im Lockdown, wo wir gerade sowieso nicht reisen dürfen wäre es eigentlich mal eine Alternative, das auszuprobieren. Klar reise ich gerne. Es ist wunderbar anregend, neue Landschaften zu sehen, neue Gerüche wahrzunehmen, mehr über die Geschichte eines anderen Volkes zu erfahren.

Andererseits ist in mir selbst auch genug los. Ich kann also genauso gut auch in mich gehen.

U. Das kann ich natürlich, aber ich bin mir nicht sicher, wie lange ich es dort mit mir aushalte. Es werden mich viele Fragen bewegen, deren mögliche Antworten sich immer weiter verketten und jedes Thema wird in seiner Komplexität immer größer. Letztlich sitze ich dann vor einem riesigen Berg mit Fakten, Erfahrungen, Vermutungen, Wissen und Zweifeln. Es scheint mir deshalb nur bedingt attraktiv sich wegzusperren, bestenfalls, um eine konzentrierte Arbeitsatmosphäre herzustellen, aber dauerhaft? Nein. Ich brauche zwar nicht das Laute und Grelle der Außenwelt, aber das Profane hilft mi r, mich auf Wesentliches zu konzentrieren. Zugegebenermaßen kostet das ziemlich viel Energie, aber es stellt auch einen Ausgleich her zwischen äußerer und innerer Welt. Die äußere Welt ist kein bisschen fokussiert, alles ist mehr oder weniger unstrukturiert und oft chaotisch. Meine innere Welt ist das nicht, na ja, jedenfalls meistens nicht. Für mich gilt jedenfalls: je lauter alles um mich herum ist, desto leiser werde ich. Das bemerke ich oft gar nicht, aber wenn, dann ist es oft schon so anstrengend gewesen, dass nur ein Kaffee mich zumindest bis nach Hause bringt. Ist das bei dir auch so?

B. Hundertprozentig! Nirgendwo werde ich so leise wie in einer Menschenmenge. Denn das laute Durcheinander braucht ja nicht noch meine Stimme, damit man es besser hören kann. Und anstrengend finde ich das auch. Denn da vermischen sich so viele Energien, so viele verschiedene Bedürfnisse prallen aufeinander, dass ich mich davon auf jeden Fall erholen muss. Für mich wäre ein Eremitendasein ideal. Deshalb ist es sehr passend, dass ich schon seit vielen Jahren im Homeoffice arbeite.

Das scheint übrigens eine Erkenntnis, die dank Corona vielen gekommen ist. In der Times stand heute, dass die Mehrheit derjenigen, die in Großbritannien derzeit im Homeoffice ist, nicht mehr ins Büro zurück will. Interessanterweise wollten mehr Männer als Frauen nicht zuhause arbeiten und bei den Frauen waren es die mit drei oder mehr Kindern, die ihr Büro vorzogen. Das ist wiederum verständlich. Denn dort können sie sich auf jeden Fall besser konzentrieren. Das ist dann vielleicht ihre Zelle.

U. Kennst du den Film „Die große Stille"? Dieser Film hat mich sehr beeindruckt, er erschien vor exakt 15 Jahren und erzählt von dem Leben in der Grand Chartreuse, dem Mutterkloster des Schweigeordens der Kartäuser. Da ja geschwiegen wird, kennt die Dokumentation keine Dialoge o.ä.; sie setzt auf ein Dokumentieren im wörtlichen Sinne. Es ist außerordentlich faszinierend, was Philip Gröning dort gedreht hat; er lässt den Zuschauer in fast drei Stunden am Schweigen und ritualisierten Alltag der Mönche teilhaben und wenn man sich drauf einlässt, dann ist es eine neu gewonnene Erfahrung – nämlich, dass in einer mittelalterlichen archaisch anmutenden Welt ein Gegenpol zur Gesellschaft lebt, der mit seiner absolut unaufdringlichen Lebensweise schweigend äußert, was der Weltenbürger längst verlernt hat – Beständigkeit und sein Ohr nach innen richtet, um auf sich zu hören. Ist anstrengend, aber geht.

B. Das ist ein wunderbares Beispiel. Ich habe zwar nur den Trailer des Films gesehen, aber auch er vermittelt schon einen tiefen Eindruck davon, wie wandelnd diese Lebensweise wirkt. Die Kartäuser sind ein Orden, der mich sehr anzieht. Jeder hat dort seine eigene Zelle, seinen eigenen Garten und die Zeiten, in denen man mit

anderen zusammenkommt sind sehr limitiert. Mir kommt
das vor, wie ein Vorgeschmack des Paradieses und das
Wort: Geh in deine Zelle, sie wird dich alles lehren,
könnte genauso gut von einem Kartäuser stammen.

Liminal zones

B. Wenn ich aus dem Fenster unseres Leuchtturms
schaue, erinnert mich das immer an Gleis 9 ¾. Jetzt
denkst Du sicher, ich spinne, denn am Meer ist es ja
keineswegs so quirlig wie auf einem Bahnhof. Ganz im
Gegenteil. Es gibt nichts Beruhigenderes als den
Rhythmus der Wellen. Zugleich wirkt das Meer auf mich
wie das, was man im Englischen liminal zone nennt, ein
Ort, von dem aus man von einer Welt in die andere
gelangen kann. Eben so, wie man an der Grenze

zwischen Bahngleis neun und zehn am Bahnhof Kings Cross auf den Bahnhof der Zaubererwelt kommt. Oder so, wie man vom Tropfenden Kessel aus in die Winkelgasse gehen kann. Die würde ich wirklich gerne mal besuchen .... und Du?

U. Nichts sehnlicher als das, ich liebe diese Bücher. Ich würde sofort nach Hogwarts, also in das Alnwick Castle in Northumberland in England, reisen. Wahrscheinlich hätte ein Muggel wie ich es dort nicht leicht, aber vermutlich würde der sprechende Hut mich schon in das richtige Haus expedieren und letztlich wäre dann ja noch Dumbledore, der mit seiner Weisheit und Güte ein Auge auf alles hätte. Hach, das würde ich wirklich zu gern mal machen. In welches Haus willst Du?

B. Ich hoffe, dass das jetzt keine Schockwellen auslöst, aber der sprechende Hut schickt mich immer wieder gerne nach Slytherin. Aber auch in Ravenclaw würde ich mich sehr wohl fühlen. Aber wenn ich es recht bedenke, möchte ich eigentlich lieber Lehrerin als Schülerin in Hogwarts sein. Denn in einem Schlafsaal zu sein, wäre nicht so mein Ding. Überhaupt bin ich mir nicht so sicher, ob ich nicht die Möglichkeit zum Homeschooling genutzt hätte … naheliegend wäre es und meine Katze schaut mich jetzt zustimmend an. Bastet und ich würden uns einfach bei Florish and Blots mit den richtigen Büchern ausstatten, uns bei Olivander vom passenden Zauberstab finden lassen, uns bei Tausend Zauberkräuter und Pilze die passenden Zutaten besorgen und natürlich einen Kessel kaufen, der nicht gleich beim ersten Versuch schmilzt. Kesselböden müssen dick genug sein, da bin ich mit Percy einer Meinung.

U. Percy? Ach Percy Weasley, dem älteren Bruder von

Ron, ja der wusste ja immer alles (besser). Ich mag das Mystische im Allgemeinen bei den Potter Büchern, ob es Hagrid mit seinen Drachen, die bautechnischen Besonderheiten in Hogwarts selbst oder Quidditch sind. Es eröffnet sich eine Welt der Magie, in der selbst ich als Muggel mich nach ein paar Minuten nicht mehr fremd fühle. Das macht es für mich so besonders. Es kommt einem vertraut vor und nach mehrmaligem Lesen findet man ein Passwort aufzusagen zum Türöffnen oder auf dem Besen Sport machen nicht mehr seltsam. Wie verzaubernd ist der Augenblick bei Dumbledore und wie treffend vermag Rowling uns mitzunehmen, manchmal etwas atemlos, aber immer weiter drängend und den Spannungsbogen nicht fallen lassend. Ganz ehrlich? Man könnte bei der Jagd nach dem „dessen Name nicht genannt werden darf" glatt vergessen, aufs Klo zu gehen, aber das ist es ja gerade, es gibt wenig Lücken zum Luft holen. Die Handlung ist so dicht gewebt und so komplex, dass es immer mehrere Optionen gibt, wie sich das ganze entwickelt und was nachfolgend passiert; hach, ich liebe es. Aber sag mal, Zaubertränke brauen, wie kommt dir als Fachmann das vor?

B. Naja, es kommt auf die richtige Mischung an. Zum einen muss man ein Gespür dafür haben, was welche Kräuter bewirken, zum anderen ist es eine Frage der Energie. Denk mal an die Wasserbilder von Masaru Emoto. Wenn man sich die anschaut, sieht man ganz klar dass Magie die Kunst ist, mithilfe geistiger Kräfte die Materie zu verändern. Wir haben seit der Aufklärung unsere Welt zunehmend entzaubert. Damit haben wir sie aber nicht nur langweiliger, sondern auch unwirklicher gemacht, denn es fehlt eine ganze - die entscheidende Dimension. Der Mensch ist mehr als Haut und Knochen und es macht einen Unterschied, ob ich ein gutes Wort über ein Glas Wasser sage, oder etwas Negatives denke. Und wenn man dann bedenkt, dass der Mensch zu einem hohen Anteil aus Wasser besteht, ist doch sonnenklar, was wir anrichten, wenn wir grummelig sind oder Trübsal blasen. Das bringt alles nichts. Zaubertränke zu brauen kann da Wunder wirken, denn die Kräutermischungen helfen uns dabei, die Energien wieder in Schwung zu bringen oder ihnen eine bestimmte Richtung zu geben.

U. Ja, das mag stimmen, aber bei Harry sind es ja beileibe nicht nur Kräutermischungen, die da in den Topf kommen. Zum Beispiel der Vielsaft-Trank; wenn man ihn trinkt, kann man für eine Stunde jemand anders sein. Finde ich Klasse, die Herstellung dauert allerdings mehrere Wochen, zu beachten sind dabei auch die Mondphasen und eine exakte Ingredenzienmenge. Also, Du brauchst Baumschlangenhaut, Blutegel, Florfliegen, Flussgras, Knöterich, gemahlenes Horn eines Einhorns und ein Stück von der Person, die man sein will. Oder Amortentia, der gewaltigste der Liebestränke und Felix Felicis, der flüssige Glückstrunk.

Und noch etwas sehr wichtiges: Jelly Beans. Wir denken jetzt nicht an ungesunde, kleine, vor Chemie strotzende Bonbons in Form von Bohnen, sondern an wundersame Leckereien, die uns durch die Möglichkeit, jeden Geschmack der Welt zu kosten, hammermäßig beeindruckt. Jelly Beans sind der Knaller, besonders die, die wie toter Fisch oder stinkende Socken schmecken.

Ich finde das sagenhaft, was da möglich ist und welche Perspektiven sich eröffnen, wenn man das heute so beeinflussen kann. Genial, einfach genial. Klar, die Lehrer wie Snape oder Slughorn sind jetzt nicht gerade offenkundige Sympathieträger, aber müssen sie ja auch nicht, denn wer Profi ist und wie Snape mit den dunklen Künsten bestens vertraut, der kann auf mittelmäßiges Auditorium vermutlich gern verzichten. Ich wünschte mir, letzteres wäre hier und heute genauso.

B. Ja, das wäre wirklich traumhaft. Ich meine, wer gibt sich schon gerne mit mittelmäßigen Kreaturen ab, so wie Severus Snape das Tag für Tag tun muss. Und was Magie angeht: Ich denke, dass die Grenze zwischen der greifbaren Wirklichkeit und dem Wunderbaren genauso fließend und dünn ist, wie die Liminal zones. Die Menschen früherer Zeiten hatten, was das angeht, im Großen und Ganzen vielleicht eine größere Sensibilität. Denn wenn man, wie Hildegard, ein tiefes Gespür für die Heilkraft der Pflanzen hat, dann wirkt das auf einen außenstehenden "Muggel" wie Zauberei, wenn sie einen Trank anrührt, der aus ganz normalen Zutaten besteht – genau wie in Snapes Unterricht – der aber eine geradezu wunderbare Wirkung entfaltet. Natürlich wird es nicht funktionieren, wenn wir uns Magie vorstellen, wie einen Lichtschalter, den wir anknipsen und schon wird es hell. Das ist aber, wie Newton, der noch in beiden Welten zuhause war, präzise dargelegt hat, Mechanik, also ein ganz anderes Fachgebiet. Magie ist letztlich dem Gebet für jemanden oder um etwas verwandt. Man kann sich auf das ausrichten, um das man bittet und von sich aus alles dafür tun, damit es eintritt. Aber dann muss man den Wunsch loslassen und dem Unsichtbaren – in der Zauberwelt der Magie und im Gebet Gott Raum geben.

Ohne Wurzeln wächst man nicht

B. Wie war das bei euch in der DDR eigentlich mit der deutschen Geschichte. Durftet ihr da stolz drauf sein oder war das wegen den Nazis nicht so gern gesehen?

U. Ich glaube, das müssen wir auseinandernehmen. Ich habe 18 Jahre in der DDR gelebt, bin also dort zur Schule gegangen; 1989 habe ich mein Abi gemacht, das letzte DDR-Abi sozusagen. Den Begriff „Stolz" habe ich insbesondere bei allen Pionier- oder FDJ-Veranstaltungen erlebt, viele Lieder spiegeln das auch direkt wider. Da ging es um den Stolz auf das Halstuch, auf das Heimatland, auf die Soldaten, auf die arbeitende Mutter oder Erich Honecker. Was das jetzt wirklich bedeutet, erschließt sich ja keinem Kind. Ein Schulkind, insbesondere ein jüngeres, fühlt sich dann stolz, wenn die andern darauf stolz sind, dass man stolz ist.

B. Das war bei uns total anders. Zum einen war klar: wir sollten uns auf jeden Fall als was Besseres fühlen. Wir in der BRD waren ja frei, aufgeklärt und wir hatten jede Menge Bananen. Dass wir aufgeklärt waren, konnte man auch daran erkennen, dass wir an den Nazis schuld waren. Den Nationalsozialismus haben wir in der Schule mindestens dreimal durchgenommen. Blöderweise hat uns aber niemand erklärt, wie es zu diesem ganzen Dilemma gekommen ist. Dabei ist das durchaus möglich. Denk mal an den Antisemitismus. Der ist ja nicht vom Himmel gefallen. Es ist vielmehr so, dass er im 19. Jahrhundert stetig angewachsen so, so sehr, dass es mehr oder weniger Mainstream war, der Überzeugung anzuhängen, dass die Juden an allem Schuld sind. Und dass die Verhältnisse in der Weimarer Republik es der NSDAP sehr leicht gemacht haben, an die Macht zu kommen ist auch nicht unmöglich zu verstehen. Aber uns wurde mehr oder weniger vermittelt, dass sich mit der Nazizeit so eine Art dunkles Geheimnis verbindet, weil niemand es vernünftig erklärt hat. Und das Ergebnis war, dass wir auf keinen Fall stolz auf unser Land sein durften. Begriffe wie Vaterland waren schon verdächtig und ich kann mich erinnern, sehr stolz darauf gewesen zu sein, mich bei der Nationalhymne mal demonstrativ hingesetzt zu haben.

U. Wir waren alle gleich, hatten keine Bananen und waren, da es keine „Bravo" gab, auch offiziell nicht aufgeklärt. Bestenfalls die guten Kuba-Apfelsinen, grasgrün und hoch gehandelt.
Also wir hatten eigentlich einen sehr soliden Geschichts-unterricht , abgesehen von der ganzen Historie nach der DDR- Gründung war das sogar recht interessant. Als dunkles Geheimnis wurde hier eher gehandelt, wer nicht zum FDJ-Lehrjahr ging oder anderweitig durch

Phlegmatismus bezüglich der politischen Bildung glänzte. Ich müsste lügen, wenn ich behaupten würde, dass ich mich als Kind unwohl gefühlt hätte. Das Bildungssystem in der ehemaligen DDR war aus meiner Sicht deutlich mehr am Menschen interessiert in der Hinsicht, dass sich echt gekümmert wurde, wenn jemand leistungsschwach war oder etwas nicht konnte. Dann wurde zusammen gesessen, oft auch zu Hause beim Lehrer und gemeinsam gelernt bis der Stoff eben saß. Den meisten unserer Lehrer war es nicht egal, ob jemand sitzenblieb (mal abzüglich der Quote) und schon gar nicht, wenn eine Abschlussprüfung in Gefahr war. Eltern und Lehrer haben in meiner Erinnerung gut zusammengearbeitet und waren praktisch Verbündete. Nach der Schule bekam jeder eine Lehrstelle, das war der Vorteil, der Nachteil war, dass man sich oft nicht unbedingt aussuchen konnte in welchem Beruf. Was gebraucht wurde oder eben frei war, das wurde besetzt. Erstaunlicherweise haben es alle überlebt und es gab keine beruflichen Engpässe. Die Facharbeiter aus der DDR galten als sehr gut ausgebildet und leisteten wirklich gute Arbeit. Das wusste der Westen nach der Wende ja auch durchaus zu schätzen. Oder siehst du das anders?

B. Ich habe offengestanden nicht die geringste Ahnung, deshalb frag ich ja. Das, was Du vom Schulsystem erzählst, ist hochinteressant. Bei uns war und ist es so, dass der Lernerfolg entscheidend vom Elternhaus abhängt. Dass Kinder einzeln gefördert werden, ist die Ausnahme, obwohl "das Schulsystem" das natürlich entschieden abstreiten würde. Es stimmt aber trotzdem und man kann es an jeder Statistik ablesen. Ich kann mich erinnern, dass ich mich mal mit einer Lehrerin angelegt habe, der es zu kompliziert war, darauf einzugehen, dass meine Tochter ein akustischer Mensch ist und damals mit den 5 verschiedenen Zeichnungen, die den Zugang zur Matheaufgabe erleichtern sollten, nichts anfangen konnte. Alles, was sie brauchte war, dass man ihr die Aufgabe einmal vorliest. Aber das war der Pädagogin zu viel. Da musste ich sie erst kräftig motivieren. Nein, das westdeutsche Schulsystem ist in vielerlei Hinsicht eine Zumutung. Deshalb bin ich ja eine Verfechterin des Homeschoolings für diejenigen Kinder und Eltern, die das leisten können und wollen. Was Du über die Vermittlung von Lehrstellen schreibst, erinnert mich ans Kloster. Mir gefällt das. Es ist ja nicht so, dass wir in einer Gesellschaft, einem Staat bei "Wünsch dir was" sind. Die Aufgaben müssen erledigt werden und da kann es eben schon mal sein, das einer statt Maler Maurer wird. Davon kommt man nicht um. Unser Geschichtsunterricht war übrigens im Großen und Ganzen auch gut, da will ich jetzt mal nicht ungerecht sein. Aber was den Nationalsozialismus angeht, hatten die einfach nicht den richtigen Zugang. Aber das war wiederum ein gesellschaftliches Problem. Denn viele wollten die Zeit ja verdrängen, zumal eine Menge alter Nazis weiterhin in den Behörden, Gerichten und in der Regierung saß. Aber soweit ich weiß stimmte es bei euch mit der "Hier wohnen nur die Guten, die Bösen sitzen alle jenseits der Mauer" ja auch nicht so ganz. Oder tu ich der DDR da Unrecht?

U. Nein, nein, auf keinen Fall. Ich bin zwar groß geworden mit dem Begriff des „Klassenfeindes", welcher jenseits der Mauer wohnte, aber so wirklich verinnerlicht hatten das wohl die wenigsten. Dieser Begriff bezog sich aus meiner Sicht auch eher auf das gesamte System, im DDR Slang war das der Imperialismus, der selbstver-ständlich nicht akzeptabel war beziehungsweise ist. Dann können wir uns lange darüber streiten, ob der Sozialismus akzeptabel war, auf jeden Fall gab es genauso viele gute wie schlechte Dinge. Ich wünsche

mir die DDR nicht zurück, aber ich finde es auch blöd, dass im
Nachhinein so viel schlecht geredet wird, vor allem im Regelfall von Menschen die gar nicht in der ehemaligen DDR gelebt haben, aber alles besser wissen. Das ärgert mich, denn deren subjektive Bewertungen sind im Regelfall zunächst mal nur emotional und somit als subjektive Stellungnahme vielleicht menschlich wichtig, sachlich aber unbedeutend. Die Faktenlage ist, dass die DDR als Staat immerhin von über 100 Staaten der Erde anerkannt worden ist. Punkt. Das System setzt auf die breite Masse, deswegen nannte man diesen ja auch einen Arbeiter-und-Bauern-Staat. Das war so gesehen auf jeden Fall besser als heute, denn es wurde klar erkannt, dass ohne die Menschen, die in Basis Berufen arbeiten, wie Handwerker Landwirte etc., die also unser aller Lebenserhalt sichern, auch entsprechend gewürdigt werden. Da alle mehr oder weniger gleich viel Kapital hatten, nämlich ziemlich nichts, waren die Menschen viel solidarischer miteinander verbunden. Ich kann mich nicht erinnern, dass in meiner Kindheit jemals die Haustür zugeschlossen gewesen wäre oder die Nachbarn nicht ausgeholfen hätten mit eine Tasse Mehl oder ähnliches. Der Tauschhandel blühte, da es ja bei weitem nicht alles zu kaufen gab. Das ist sicher einer der Gründe, warum der „Ossi" im Prinzip alles konnte – weil er musste. Was hätte er denn tun sollen, wenn er seine Zündkerze am Auto nicht selbst wechseln kann, vorausgesetzt er besitzt   überhaupt eins? Ich glaube, der Ossi war deutlich geerdeter als der westdeutsche Bewohner. Klar, pauschal Urteile sind nicht okay. Trotzdem sind die Unterschiede oft immer noch über deutlich und ohne es als gut oder schlecht zu bewerten, schießt es durch den Kopf typisch „Ossi" oder „Wessi".

B. Ja, das sehe ich auch so. Und es ist ja auch normal, dass eine lange Phase, in der man eine bestimmte

Prägung erhalten hat, nachwirkt. Mal abgesehen von den Exzessen wie Stasispitzeln und der Tatsache, dass die Meinungs- und Glaubensfreiheit eben doch eingeschränkt war, ist mir das sozialistische Modell grundsätzlich sympathisch. Ich kann nicht erkennen, warum ein Manager so unendlich viel mehr verdienen muss als eine Kassiererin und finde die Forderung nach einer Kappung beim Gehalt und hohen Steuersätzen für Superreiche absolut nachvollziehbar. Auch die Hochachtung für Arbeiter und Bauern wäre etwas gewesen, das man in das "neue Deutschland" hätte übernehmen sollen. Und eure Erfahrungen mit "Besserwessis" kann ich mir gut vorstellen. Es ist natürlich ätzend, wenn die Mauer fällt und dann als erstes ein paar reiche Spekulanten kommen, die einem die Grundstücke mit der besten Aussicht wegkaufen. Es wird sicher noch ein, zwei Generationen dauern, bis unser Land wirklich zusammenwächst. Das hängt natürlich auch damit zusammen, dass Deutschlands Geschichte viel kürzer ist, als beispielsweise die von Frankreich. Aber im Großen und Ganzen finde ich es wunderbar, dass wir die Vereinigung unserer beiden Staaten miterlebt haben. So kann ich z.B. jederzeit unkompliziert nach Weimar fahren, um auf den Spuren Goethes und Schillers zu wandeln oder der heiligen Gertrud in Helfta einen Besuch abstatten.

U. Auf jeden Fall hast du Recht, die Wiedervereinigung ist als Errungenschaft zu betrachten. Auch wenn das Leben der Demokratie für mich eine ähnliche anstrengende und nicht immer mit Logik nachvoll-ziehbare Herausforderung darstellt, genauso wie das Leben im sozialistischen System, dann dürfen wir wohl trotzdem dankbar sein, dass nicht einfach eine Mauer Menschen und deren Familien trennt.

Teatime mit Lord Voldemort

B. Mit dem Bösen ist es ja so eine Sache. Niemand scheint genau zu wissen, was das ist. Früher war das anders. Da wusste man nicht nur, was das ist, sondern sogar wer. Aber heutzutage kann man sich allenfalls noch darüber verständigen, Lord Voldemort als Sachverständigen zum Thema zu einer Teatime einzuladen

U. Damit hast du mich jetzt echt geflasht. Der, dessen Name nicht genannt werden darf, alias Tom Riddle, alias Lord Voldemort kann ja nichts dafür! Soweit ich weiß, wurde er gezeugt unter der Wirkung eines Liebestranks. Sein Vater, ein Muggel, verließ seine Mutter, womit sich der Hass auf alle Muggel erklärt. Das klingt ja soweit erst mal logisch. Allerdings bleibt der Hass nicht nur plakativ, sondern er führt den, dessen Name nicht genannt werden darf, auch zum Mord. Voldemort tötet seinen Muggelvater, Großvater und seine Großmutter als er noch Student ist. Damit hat er sich auf jeden Fall qualifiziert als Sachverständiger. Das finde ich demnach durchaus legitim. Also mit dem Begriff „böse" verbinden sich unter Umständen zwar Personen, aber auch Dinge, Steuern zum Beispiel. Oder Glatteis. Tod von lieb gewonnenen Freunden oder abgelaufene Milch.

B. Widerspruch, euer Ehren! Abgelaufene Milch ist definitiv nicht böse. Sie wird vom Verdacht der Bosheit freigesprochen, weil kein vorsätzliches Sauerwerden vorliegt. Derselbe Freispruch ergeht auch gegenüber dem Glatteis. Es bildet sich aufgrund von natürlichen Vorgängen wie kalten Wind, der über nassen gefrierenden Boden streicht. Aber auch das Glatteis ist nicht aus freiem Willen handlungsfähig. Wer darauf ausrutscht oder mit dem Auto gegen einen Baum fährt, hat also entweder Pech oder handelt fahrlässig und ist somit selbst schuld.
Bei Steuern hingegen kann es sich um ungerechte Strukturen handeln. Die sind aber nicht in sich böse, weil Strukturen nicht denken können und keinen freien Willen haben. Böse sind dann diejenigen, die die Strukturen gebildet, sprich den Bürgern die ungerechten Steuern auferlegt haben. Der Tod von lieben Freunden ist ein schweres Schicksal. Er macht uns unendlich traurig, kann unser ganzes Leben von einem Tag auf den anderen verändern, aber böse ist er nicht. Denn der Tod hat keine Persönlichkeit, auch wenn das im Mittelalter gerne mal so dargestellt wurde. Es ist übrigens interessant, dass Du sofort die schlimme Kindheit von Tom Riddle ins Feld führst. Das ist ja heute ein beliebtes Mittel im Umgang mit dem Bösen. Gerade in Fällen von plötzlichen Gewaltausbrüchen, denk mal an diese Angriffe in der U-Bahn, wird ja immer sofort auf das oft in

der Tat unempathische und wenig unterstützende Umfeld der Täter hingewiesen. Aber es gibt eine Menge Menschen, die in einem lieblosen Zuhause aufwachsen, ohne zu Totschlägern zu werden. Da kommt der freie Wille ins Spiel, wie Du ja auch genau ausführst. Und der lässt uns die Wahl, uns für oder gegen das Böse, bzw. den Bösen zu entscheiden.

U. Damit hast du grundsätzlich Recht. Aber: „gut" und „böse" sind beides Kategorien, die die Gesellschaft vereinbart hat. Was also in Europa als gut gilt, könnte in Asien als böse gelten oder umgekehrt. Da der Mensch ein soziales Wesen ist und gemeinhin in Gruppen lebt, sind solche Kategorien unabdingbar. Steuerbescheide können demzufolge sehr wohl unter die Kategorie „böse" fallen, da es in der Gesellschaft wohl kaum jemanden gibt der Steuerbescheide gut findet. Kann ich mir jedenfalls nicht vorstellen. Diese Kategorisierung würde übrigens auch dein Beispiel mit den U-Bahn Schlägern erklären. Dennoch ist das ohne Zweifel sehr böse. Gegen deine Behauptung spricht, dass es ja auch gutes Essen oder eine gute Reise geben kann oder böses Wetter.
Wer hat das Wetter verursacht?

B. Das Wetter gilt, sofern es sich um Unwetter handelt laut Augustinus als natürliches Übel. Die Vorstellung, dass ein rachsüchtiger, mithin böser Gott Sturm, Regen oder Glatteis schickt galt also schon in der Spätantike als überholt, auch wenn das natürlich den Tun-ErgehenZusammenhang nicht außer Kraft setzt und Hildegard von Bingen beispielsweise Wetter -Reaktionen im Hinblick auf das Verhalten der Menschen deutet, was uns heute in Zeiten des Klimawandels einiges zu sagen hat. Aber ich denke, wir müssen grundsätzlicher an die Sache herangehen. Gut und Böse im absoluten Sinne sind zwar Kategorien aber keine gesellschaftlichen Konventionen. Die gibt es zweifellos hinsichtlich der sehr verschiedenen Lebenswelten in Europa und Asien, hinsichtlich der Höflichkeitsformen. In Europa ist es beispielsweise in Ordnung, unter Hinweis auf diätetische Vorlieben, bestimmte Nahrungsmittel nicht zu essen, auch wenn sie einem bei einem Besuch vorgesetzt werden. In Asien ist das, wie du mir ja selbst erzählt hast, eine so grobe Unhöflichkeit, dass man sich als Gast dreimal überlegen sollte, ob man eine angebotene Speise ablehnt. Der Mord an einem Menschen aber kann zwar von spitzen Zungen als Entlastung der Rentenkasse bezeichnet werden – ähnliche Kom-mentale gibt es ja jetzt auch hinsichtlich von Covid 19. Tatsächlich aber ist er unbezweifelbar böse. Allerdings sehen wir an dieser Stelle, wie unscharf unser Begriff von Gut und Böse geworden ist. Ein Mord gilt als böse. Die Tötung Behinderter im Dritten Reich auch. Ein Kind mit Down Syndrom abzutreiben wird in unserer Gesellschaft aber mit dem Hinweis auf Frauenrechte akzeptiert. Aber was ist mit dem Lebensrecht des Menschen, den man wegen seiner Konstitution aussortiert? Die gleiche Unschärfe in der moralischen Beurteilung herrscht inzwischen beim Thema Euthanasie. Aus dem in der Diskussion behaupteten "Recht, das eigene Leben zu beenden", das juristisch bislang übrigens so nicht gilt, der Selbstmord wird nur nicht strafrechtlich verfolgt, wird nun das Recht abgeleitet, sich töten zu lassen. Ist das gut oder böse? Aber nun bin ich vom Thema abgekommen. Meine Frage war ja: Gibt es nicht nur das Böse, sondern das personale Böse. Und da kommen wir ans Eingemachte. Denn unter dem Motto "drei Theologen, fünf Meinungen" wird die Angelegenheit nun ziemlich unübersichtlich. Ich glaub, ich brauch jetzt mal einen frischen Tee.

U. Tut mir leid, aber ich finde auch in Europa die Ablehnung von Essen unhöflich; die einzig akzeptable Entschuldigung stellt für mich eine Unverträglichkeit oder Allergie dar. Ansonsten ist das genauso eine Beleidigung des Gastgebers wie in Asien oder Südeuropa. Nun ist das Essen ja nicht das Maß aller Dinge, deshalb wende mich mal der zweiten Argumentationskette zu; sie fokussiert ja Mord im weitesten Sinne. Für mich spielt – auch wenn ich dir an einigen Stellen Recht gebe – dennoch auch ein Aspekt der Selbstbestimmung eine R o l l e . W e n n i c h m i c h , z u m B e i s p i e l a u s Krankheitsgründen, entscheide, meinem Leben ein Ende zu setzen, dann zeugt das letztlich von einer sehr ausweg- und perspektivlosen Lage. Dann sehe ich keinen Horizont mehr und keine Aussicht auf jegliche Besserung. Es erscheint mir wenig hilfreich, wenn ein anderer sagt, was du tust, das ist böse. Aus meiner Sicht ist das nicht böse, sondern das Annehmen der Konsequenz, die lebensbedrohliche Krankheit bedeutet nämlich, sich zum Ende seines Lebens zu strukturieren und aufzuräumen, damit man letztlich friedvoll sterben kann. Du sprachst ja von dem abgeleiteten Recht, sich selbst töten zu lassen...ja, für mich ist das nicht bloß ok, sondern es gibt Würde und nimmt sie nicht. Die Diskussionen im juristischen Bereich drehen sich ja meines Wissens immer um den Verabreicher des Medikaments oder Bereitsteller. Der wäre dann quasi der Täte r, alias der Mörde r, oder auch bloß der Tablettenhalter, weil der Betreffende das vor Schwäche gar nicht mehr kann. Doch halt - dann wäre das ja der Gute, er hat dabei geholfen, was der andere auch sowieso ohne ihn getan hätte. So sehe ich das, stimmt's Cicero? Lass uns übers Meer schauen und einfach so tun, als gäbe es gar keine Mörder.

Ich bin anders

B. Ich weiß ja nicht, wie es Dir damit geht, aber mir kann niemand wirksamer auf die Nerven fallen, als wenn er verlangt, dass ich bin wie alle anderen. Das klappt einfach nicht, weil ich nämlich von Natur aus anders bin. Eben ich, was ungefähr dasselbe ist. Uniformität lehne ich ab. Davon bin ich nicht zu überzeugen.

U. Hui, wenn das mal nicht kategorisch ist. Du bist anders als ich. Das klingt logisch, wäre ja auch komisch, wenn du gleich wärst. Hör mal, sind wir nicht alle verschieden, oder ein bisschen anders? Uniformität von verschiedenen Subjekten könnte sehr machtvoll sein, vorausgesetzt jeder sieht sich mit seinem Stil nicht als elitär an. Das meine ich keinesfalls persönlich, sondern durchaus allgemein geltend.

B. Ja, was das angeht bin ich kategorisch imperial. Und ich gebe Dir Recht. Jeder Jeck ist anders, wie der Kölner zu sagen pflegt. Also könnte man meinen, es ist unlogisch, was ich gesagt habe. Aber tatsächlich glaube ich, dass es mal an der Zeit wäre, neu über das Verhältnis von Individualität und Uniformität in unserer Gesellschaft nachzudenken. Was meinst Du?

U. Auf jeden Fall, es ist höchste Zeit, denn was nutzt einer Gesellschaft eine Masse an Individuen? Natürlich ist in gewisser Weise Individualität gefragt, hinsichtlich des Denkansatzes, der Originalität und der persönlichen Fähigkeiten. Und auch wenn ein Individuum Vorreiter im Denken sein kann, dann ist nur partiell gesichert, dass es jemandem was nutzt. Um das Wissen oder das Ergebnis denkerischer Prozesse in die Gesellschaft zu transferieren, bedarf es einer gewissen Uniformität. Weißt du, wie ich das meine?

B. Ja, und Du hast es auf den Punkt gebracht. Die alten Römer haben ihren Staat ein Gemeinwesen genannt. Immer wenn ich an diesen Begriff denke, kommt er mir sehr lebendig vor. Ein Gemeinschaftswesen eben. Wenn wir diesen Aspekt stärker im Blick hätten, würde in unserer Gesellschaft bestimmt manches besser funktionieren. Es nimmt uns ja nicht die Individualität, wenn wir Teil eines größeren Ganzen sind. Ein Körper braucht Füße, Hände, Augen, Ohren, Milz, Kleinhirn und noch manches mehr um zu funktionieren.

U. Ich denke, das ist wie ein Orchester; es werden die Fähigkeiten eines jeden Einzelnen gebraucht, aber nur alle zusammen bringen ein mehrstimmiges Werk zum Klingen. Das ist ein unbeschreibliches Erlebnis, sich als Teil eines größeren Ganzen zu fühlen. Ich darf es immer wieder erleben und bin total dankbar dafür, es erdet. Aber nicht nur das, es schafft Verbindlichkeit, aber auch Respekt. Wir sind alle „nur" Menschen und jeder kann mal einen Fehler machen, aber letztlich sind wir alle eins und klingen gemeinsam stark, kraftvoll und schön und immer aufeinander hörend. Die ganze Philosophie ist damit erklärbar, ist das nicht genial? Ich liebe es.

Zwerge auf den Schultern von Riesen

Als Schülerin im Gymnasium hatte ich riesiges Glück. In Latein hatte ich da sechs Jahre lang meinen Lieblingslehrer. Das war der Idealfall eines Pädagogen und ich habe ihn geliebt. Der hat zum Beispiel spitz gekriegt, dass ich mit Grammatik nichts anfangen konnte, sondern die Texte intuitiv übersetzt habe. Da hatte er aber überhaupt kein Problem mit, denn es hat ja geklappt. Wolfgang Albrecht, so hieß er, war mein großes Vorbild und ist einer in der Reihe derjenigen Menschen, die mein Leben wirklich geprägt haben. Als ich später im Studium das Zitat von Adelard von Bath gelesen habe, der sagte "Wir sind Zwerge, die auf den Schultern von Riesen stehen", dachte ich sofort an diesen Lehrer. Wenn wir hier und da mal weiter sehen, dann, weil wir von unseren Vorbildern gelernt haben. Tatsächlich hatte ich in jeder Schule und in jedem Studiengang eine Lehrerin oder einen Lehrer, die so gut waren, dass ich gerne von ihnen gelernt habe. Du bist selber eine tolle Lehrerin. Aber hattest Du auch Lehrer, von denen Du wirklich profitieren konntest?

U. Danke, ich mag meinen Beruf. Musik studiert man ja auch nicht, weil man nichts mehr abbekommen hat, aber das weißt Du ja selbst. Ich wollte eigentlich nie Lehrer werden, weil meine Eltern und deren Geschwister und Ehepartner alle Lehrer waren. Wirklich klug war mein Onkel, der hatte Mathe studiert und über Primzahlen promoviert, das fand ich mega spannend. In meiner Schulzeit damals gab es niemanden, der mich durch sein Wissen geflasht hätte, wohl aber durch seine Ausstrahlung. Erst in der Uni traf ich einige Lehrkräfte, bei denen Wissen, Engagement, pädagogisches Geschick und Charme sich paarten. Ok, das waren jetzt keine Massen, aber immerhin, das gab es. Profitiert habe ich von meinem mittlerweile verstorbenen Doktorvater, der mit seiner unendlichen Geduld fertigbrachte, völlig totgelaufene Sachverhalte über die Runden zu retten und auch den größten Mist liebevoll arrangiert zu unterrichten. Das hat mich echt beeindruckt, weil es immer erfolgreich war. Er hatte sehr komplexes Wissen, so dass der Hintergrund immer gut fundiert rüberkam und obwohl er zum Beispiel kein Wort Englisch konnte, war das alles kein Problem, obwohl das in der Wissenschaft ja eigentlich ein no go ist. Dennoch hatte er die Lage im Griff, weil es in Anbetracht der Gesamtsituation eben unwesentlich war, ob jemand ein bestimmtes Quäntchen Fachwissen hat oder nicht - es ist bedeutungslos, wenn es sich darauf reduziert. Letztlich zählt hier das Ganze, Experte ohne Pädagogik ist Mist, genauso andersrum.

Menschen werden gebraucht, die viel wissen und es weitergeben können, die etwas in uns berühren, was uns zum Klingen bringt und diese Schwingungen... die vergisst man nicht.

B. Da sagst Du was. Damit hast Du exakt auf den Punkt gebracht, worauf es ankommt. Denn nur dann, wenn eine Schwingung entsteht, kann das präsentierte Wissen in mir Wurzeln schlagen, entsteht eine neue Verknüpfung im neuronalen Netzwerk. Kenntnisse sind nur dann von bleibender Wirkung, wenn sie mit Emotionen verbunden sind. Wir kennen das ja heute aus der Demenzfor-schung. Menschen, die von dieser Erkrankung betroffen sind, vergessen sehr vieles. Die Dinge, die ihnen präsent bleiben, liegen aber oft weit zurück. Kindheitser-innerungen wie ein Weihnachtsfest im Kreis der Familie, bei dem alte Lieder gesungen wurden, die sie dann noch perfekt auswendig können oder der Song, bei dem sie ihren Ehepartner kennengelernt haben. Meine Erfahrung ist, dass man diesen Funken, der dazu führt, dass das Gelernte sich im Gedächtnis verankert, auf jeden Fall zuerst entzünden muss. Sonst ist die ganze Wissensvermittlung für die Katz.

U. Also Aramies und Cicero gucken gerade, als brauchten sie die ganze Wissensvermittlung nicht. Vielleicht müssen noch die Eltern im Sinne der Überschrift erwähnt werden. Was tun im Normalfall Eltern nicht alles für ihre Kinder, damit sie sorgenfrei und gut behütet ins Leben starten können? Alles, ist vermutlich die Antwort. Damit schultern Eltern eine riesige Aufgabe, denn jeder, der selbst Kinder hat weiß, was das im Klartext bedeutet. Es ist ein 24-Stunden-Job, der nur durch Liebe ge- und ertragen wird, ansonsten wäre das wohl nicht zu stämmen. Du bist auch Mutter, war es bei dir anders?

B. O nein, das war und ist genauso. Und es ist eine Freude. Elternsein ist ein gutes Beispiel für dieses Thema. Denn zwischen Lehrern und Schülern entsteht ja, wenn es gut läuft, eine ganz ähnliche Beziehung. Und die steht wiederum für unser Bild von den Zwergen, die auf den Schultern von Riesen stehen. Es ist letztlich ein Wissensschatz, der von Generation zu Generation weitergegeben wird. Ein schönes Bild! Aramies und Cicero scheinen damit auch einverstanden zu sein.

Wenn ich du wäre

B. Die indigenen Völker in Amerika pflegten zu sagen: Urteile nie über jemanden, bevor du nicht einen Mond lang in seinen Mokassins gelaufen bist. Sich in einen anderen Menschen hineinzuversetzen ist für viele gar nicht so leicht. Die meisten denken, die Probleme der anderen wären in Wirklichkeit gar keine, weil sie sie nicht spüren. Was es bedeutet, ein anderer zu sein, erlebt man eigentlich nur, wenn man jemanden wirklich gern hat. Denn dann beginnt man, miteinander zu schwingen und man spürt, wie es dem anderen geht. Gleichzeitig bleibt man aber auch man selbst. Deshalb ist es interessant, den Gedanken weiterzudenken. Was wäre,wenn ich Du wäre oder wenn du ich wärst?

U. Dann hätte ich dich immer noch gern.

B. So wie ich Dich :-) Und es ist gut, dass zu wissen. Denn es ist ja keineswegs selbstverständlich, dass ein anderer einen annimmt, so wie man ist. Manch einer macht sich lieber ein Bild von seinem Nächsten und versucht dann, ihn oder sie Schritt für Schritt diesem Bild anzupassen. Ein Kollege von mir hat kürzlich darüber geschrieben, dass es seiner Meinung nach große Unterschiede zwischen polnischen und deutschen Frauen gäbe. Deutsche, so sagte er, suchten den idealen Mann, einen Traumtypen, der genau so sei, wie sie sich den idealen Gefährten vorstellen. Polnische Frauen verstünden sich demgegenüber eher als Gärtnerinnen, die die Fähigkeit mitbrächten, auch aus einem etwas krumm und schief gewachsenen Busch ein passables Gewächs zu formen. Ihm persönlich scheint das bekommen zu sein. Er sagt, seine Anna habe aus einem langhaarigen, leicht verkommenen jungen Mann ein passables Mitglied der Gesellschaft gemacht. Ich präferiere demgegenüber das biblische Konzept des erkannt Werdens. Wenn man von jemand ganz und gar erkannt und geliebt wird, ist das unübertrefflich schön. Aber jetzt stupst Bastet mich an und springt auf meinen Schoß. Ich bin vom Thema abgekommen. Wir wollten ja eigentlich darüber sprechen, was wäre, wenn wir jemand anders wären. Du müsstest ja nicht ich sein und ich nicht du. Wir kennen uns und können uns gut vorstellen, wie es wäre, in den Schuhen der jeweils anderen zu stehen. Aber was wär, wenn wir mal für eine Weile jemand anders sein könnten. Wen würdest Du Dir da aussuchen? Bei mir wäre es ja klar. Ich wäre gern eine Nonne im Kloster von Hildegard. Und natürlich fände ich es superspannend, einmal zu erleben, wie es Hildegard selbst ging mit ihrer Erfahrung vom lebendigen Licht und den vielfarbigen und vielstimmig tönenden Visionen.

U. Anpassen klingt für mich nicht akzeptabel. Auch, wenn das Miteinander sicher Kompromisse braucht, dann hat doch jeder seinen Lebensplan, den man ihn gehen lassen sollte. Ja, wer wäre ich gern, interessante Frage. Vielleicht wäre es besser, was wäre ich gern. Das kann ich direkt beantworten. Ich könnte mir vorstellen, eine Pfeife der Orgel zu sein, Teil eines Ganzen, aber auch allein wichtig. Eine Person zu sein, die durch ihr Leben und Wirken Gutes tun konnte klingt zwar äußerst verführerisch, aber erscheint mir für mich dennoch zu anmaßend. Es führt mich zwingend zu der Frage, wer ich bin und das führt vom Thema weg. Also darf ich mich vorstellen: Orgelpfeife im Dienst.

B. Das ist eine wunderbare Möglichkeit, die Du da eröffnest. Obwohl ich nicht sagen würde, dass Du eine Pfeife bist, verstehe ich das Konzept sehr gut. Wenn ich auch dieser Grundlage weiterdenke, wäre ich gerne mal eine Katze oder ein Baum. Bäume empfinde ich als sehr weise Lebewesen. Sie leben ja sehr viel länger als wir und wenn ich denke, dass es Eichen gibt, die noch den Dreißigjährigen Krieg miterlebt haben fände ich es sehr spannend, selbst mal eine zu sein. Eine Katze wäre ich gerne, weil mich der Gedanke fasziniert, frei umherzuschweifen, leichtfüßig auf Bäume zu klettern und gemütlich in einem Sessel zu liegen und zu schnurren.

U. Wenn ich mich hier so umsehe, klingt Katze sein nicht unattraktiv. Aber wir wollten uns ja vorstellen, der jeweils andere zu sein. Also, wenn ich du wäre, dann wäre ich ja aus dem Stand Kantor und Wissenschaftler und Historiker und Hildegardforscher und Autor und Ehefrau und Mutter. Das klingt nicht nach einem langweiligen Tag, im Gegenteil. Klär mich auf, wie du das unter einen

Hut bringst- gibt's für alles Kompromisse, damit es funktioniert?

B. Ne, Langeweile ist ein Fremdwort für mich. Davon kenn ich noch nicht mal die Rechtschreibung. Mein Geheimnis ist, dass ich zwischen 5 und halb sechs aufstehe. Das ist eine kluge Idee, weil mit das ungefähr drei Stunden Zeit gibt, in denen ich die Dinge erledige, die mir ganz persönlich wichtig sind, z.b. Beten, Schreiben und Lesen. Und wenn es gut läuft, hab ich tagsüber auch noch Zeitfenster, in denen ich das machen kann. Ich würde mich aber nicht zu der Behauptung versteigen, dass die zu groß wären oder zu häufig auftauchen würden. Hilfreich sind auch Signale für die richtig wichtigen Dinge. Ich verwende z.b. wenn ich bete eine Mantilla. Wenn ich die trage, wissen die andern: Jetzt darf ich nur in einem wirklich wichtigen Fall stören. Als meine Tochter klein war, hat sie mir mal ein Schild gemalt, auf dem stand: Die Klugen kommen hier nicht vorbei. Da hat sie schöne Vampirzähne draufgemalt. Und wenn ich über Tag mal dringend in Ruhe was machen muss, kann ich das ja rausstellen. Das hab ich mir nämlich aufgehoben. Aber Du bist natürlich auch nicht gerade unproduktiv. Wenn ich mir ansehe, in welchem Tempo Du die grafischen Entwürfe für unser nächstes Buchprojekt kreierst … da würden andere monatelang dran sitzen. Ein ordentliches Arbeitstempo ist also auch nicht verkehrt, wenn man was schaffen will. Tempo ist definitiv eins deiner Geheimnisse. Aber was sind die anderen?

U. Stimmt, wenn ich eine Idee habe, dann geht es zügig los. Nichts ist dann so schlimm wie ein klingelndes Telefon, nervtötende Menschen, die im Atelier stehen und von sich schwärmen oder unpassendes Arbeits- material. Am allerliebsten arbeite ich allein, ohne Pause, ohne andere Menschen und absolut fokussiert. Dann wird es gut. Geheimnisse... tja, ich glaube, da sind keine. Ich denke, dass ich sehr strukturiert bin, was mir bei dem Pensum manches ermöglicht, was sonst – ähnlich wie bei dir – sonst gar nicht ginge. Und ich bin diszipliniert, das finde ich auch sehr wichtig, wenn man was schaffen will. Ich verabschiede mich von für mich unwichtigen Sachen oder Menschen, um mich dann immer wieder neu auszurichten auf meinen Lebensmittelpunkt und ich bin sehr selbstkritisch. Aber das ist auch wichtig, denn Zufriedenheit bedeutet Stillstand. Kennst Du das auch?

B. Ja, ich will nicht sagen, dass ich unzufrieden bin, tatsächlich bin ich ein sehr zufriedener Mensch. Das ist aber gleichzeitig daran gekoppelt, dass ich immer neue Projekte entwickle und durchführe. Tatsächlich arbeite ich oft an mehreren Büchern gleichzeitig. Natürlich neben meiner journalistischen Arbeit und der Familien- arbeit. Arbeiten ohne gestört zu werden klingt traumhaft. Das kommt bei mir allerdings wirklich nur in den frühen Morgenstunden vor. Deshalb schätze ich diese Zeit auch so sehr. Wir haben also eine Menge gemeinsam. Jede Menge Ideen, viel Disziplin und eine unbändige Lust, neue Projekte zu entwickeln. Dann nichts wie ran an den Schreibtisch.

Vorsicht Falle - Risiken und Nebenwirkungen der Wunscherfüllung

Mit Wünschen ist es ja so eine Sache. Jeder hat sie und jeder denkt, wenn dieser oder jener Wunsch nur in Erfüllung ginge, dann wäre alles gut. Tatsächlich muss man

aber glaube ich sehr vorsichtig damit sein, was man sich wünscht. Denn wenn der Wunsch nicht genau formuliert ist, kann seine Erfüllung sehr unangenehme Nebenwirkungen haben. Ein Bekannter erzählte mir neulich von einer Frau, die sich sehnlichst mehr Zeit wünschte. Wenig später erhielt sie in ihrem Job die Kündigung. Sie hatte nun jede Menge Zeit, aber es war alles ganz anders, als sie sich das vorgestellt hatte. Es ist glaube ich, beim Wünschen besonders wichtig, der Sache auf den Grund zu gehen. Sonst bekommt man wortwörtlich, was auf dem Wunschzettel stand, aber Freude hat man damit keine.

U. Obwohl wortwörtlich voll mein Ding ist. Wunscherfüllung und Wunscherfüller, das sind zwei Sachverhalte, die semantisch auf einer Ebene sind. Wunscherfüller zu sein ist großartig. Jemanden erfreuen ist schön, und oft sind es noch nicht mal die großen Wünsche, die andere glücklich machen. Im Gegenteil, die nicht materiellen erfreuen nachhaltiger: Zeit haben füreinander, etwas gemeinsam unternehmen, beieinander sitzen und Hobbys teilen. Teilhabe ist ein wertvolles Geschenk und Vertrauen, gleichauf mit Anerkennung, Liebe und Respekt. Nichts davon kostet etwas, außer dem eigenen Bemühen darum. Und es ist so wichtig, dass wir das einander schenken, nicht bloß zu Weihnachten oder zum Geburtstag. Das wäre mein allergrößter Wunsch. Und deiner?

B. Das ist natürlich die Königsklasse und tatsächlich der einzig sinnvolle Wunsch. Außerdem hätte ich gern einen Leuchtturm am Meer, die Fähigkeit zu apparieren und mit Rückfahrkarte in die Vergangenheit zu reisen. Und ach ja, eine Kalimba und ein Dudelsack stünde auch noch auf der Liste und natürlich das eine oder andere Buch, aber wenn ich die jetzt hier alle vorlesen, sitzen wir in drei Wochen immer noch an derselben Stelle ohne dass wir nennenswert vorangekommen sind. Hab ich schon mal erwähnt, dass ich ein ganz klein wenig unbescheiden bin?

U. Nicht nötig, ich hab dich schon früher durchschaut. Echt jetzt, du wünschst dir einen Dudelsack? Das finde ich lustig, denn der klingt nach ein paar Minuten so schön nervtötend. Grundsätzlich ist das so eine Sache mit den materiellen Geschenken. Viel davon macht auf keinen Fall glücklicher, obwohl manches sicher toll ist. Ich glaube, weniger ist mehr, lieber besser überlegen, was geschenkt wird und was der Beschenkte damit anstellen kann. Wenn ich das Geschenk ansehe, dann müsste ich aus dem Stand denken: das isses oder es gefällt mir so gut, dass ich es gar nicht mehr verschenken möchte. Dann weiß ich, dass auch der andere sich echt darüber freut. Denn die Freude des anderen potenziert meine eigene um ein Vielfaches und das ist toll.

B. Ja, das stimmt. Echte Freude springt über. Das ist wie mit Liebe. Wenn sie tief und wahr ist, ist sie nicht auf zwei Menschen beschränkt, sondern strahlt auf viel mehr aus. Das mit dem Dudelsack ist so ein Fön von mir, weil ich ein Schottland Fan bin. Dieses Land finde ich total anziehend und ich mag auch die Musik. Aber Du hast Recht, ein Dudelsack wäre mir zu laut. Deshalb hab ich mir auch keinen gekauft. Es gibt ja so Starterset mit einer Dudelsackflöte, aber die sind schon so dröhnend, dass ich darauf verzichtet habe. Das hör ich mir lieber von anderen an. Sich mit den eigenen Wünschen auseinanderzusetzen ist jedenfalls eine gute Übung, um authentisch zu sein. Denn wenn man es ernsthaft betreibt, kriegt man ein Gefühl für das, was einem wirklich gut tut und das ist dann wiederum auch gut für die anderen. Da wären wir dann beim Evangelium. Man soll ja seinen Nächsten lieben wie sich selbst.

U. Ich habe zwar keinen Plan, wieso Du Dich mit nem Dudelsack föhnen willst, aber egal. Zu laut verstehe ich aus dem Stand, obwohl Posaunenmusik nun auch nicht gerade leise ist. Ich mag sie trotzdem, weil sie nicht so monoton ist, wie auf dem Dudelsack pfeifen. Sich mit Wünschen auseinander zu setzen finde ich auch total wichtig, vor allem dann, wenn man Kinder hat. Zunächst nämlich wegen der Vorbildwirkung, ist ja klar und dann auch wegen der Maßlosigkeit unserer Zeit. Damit müssen Kinder konfrontiert werden, denn nur Verständnis kann ja zur Einsicht führen - genau wie im Evangelium, absolut richtig. Oder in der Benediktsregel. „Maß halten in allen Dingen" ist einer meiner Lebensbegleiter, weil nur das Maßvolle uns den Genuss ermöglicht und nicht der Überfluss. Der macht uns unzufrieden, oder sogar unglücklich. Nein, die Wahrheit ist irgendwo dazwischen. Im modernen Alltag betitelt man das als Achtsamkeit, aber eigentlich ist ja auch das very old. Auf jeden Fall, egal was das Überangebot an allem uns suggerieren möchte, orientiere ich mich an meiner Mitte und der Regel des Heiligen Benedikt. Da bist Du ja auch Kenner - bist Du nicht sogar Oblate?

Mir ist nicht schlecht

B. Ja, ich bin seit 2002 Benediktineroblatin. Genaugenommen sogar seit 2001, weil ich da nämlich ins Probejahr aufgenommen worden bin und weil die mich danach anstandslos übernommen haben, muss man das ja wohl dazu zählen. Jetzt fragt sich der eine oder andere sicher, was das ist und warum man das wird. Da gibt es natürlich genauso viele Gründe, wie Menschen. Bei mir ist das so, dass ich eigentlich Benediktinerin werden wollte. Aber dann habe ich meinen Mann getroffen, einen wunderbaren Musiker, und dann hatte sich das erledigt. Kontakt zu Benediktinerklöstern hatten wir aber regelmäßig, weil wir im Kirchenmusikstudium einen besonderen Schwerpunkt auf Gregorianischem Choral hatten. Ich glaube, so bist Du auch in Kontakt mit den Benediktiner gekommen oder?

U. So ähnlich, ich habe im Zuge meiner Dissertation zum Choral das erste Mal Benediktiner im Kloster besucht, das war 1993. Das war eine absolut faszinierende Erfahrung, denn ich hatte vorher mein Lebtag nichts mit Klosterleben zu tun. Das Orientieren an der Regel des Heiligen Benedikt und die damit verbundene Struktur des Tages durch die Stundengebete waren ein heilsames Erlebnis, so dass auch mich der Weg zur Oblation führte, das war 2004. Du bist also länger als ich dabei, deshalb darfst Du jetzt auch erklären, was das ist.

B. Ahh, ich habe mir gedacht, dass das jetzt an mir hängen bleibt. Also am besten fang ich mal damit an, die komische Überschrift von diesem Kapitel zu erklären. Die ist nämlich ein Original-Zitat aus einem Gespräch zwischen unserer damaligen Oblatenrektorin und mir und das ging so: Die Schwester, so nennt man die

Frauen im Kloster, die heißen alle Schwester, obwohl die meisten nicht miteinander verwandt sind, fragte mich: "Bist du bereit, dich zu übergeben?" Das hat mich genervt, weil ich es überflüssig fand, dass sie eine so altertümliche Sprache verwendete, obwohl sie sich sonst auch ganz normal ausdrücken konnte. Deshalb habe ich geantwortet? "Warum? Mir ist nicht schlecht." Was sich hinter der Frage aber eigentlich verbarg, und darüber haben wir dann auch gesprochen, ist die Übersetzung des lateinischen Wortes Oblation. Oblatus, das, wofür wir uns als Lebensform entschieden haben, ist nämlich das Partizip Präsens Passiv des Verbs offerre. Und das heißt so viel wie sich jemandem ganz und gar zur Verfügung stellen, und zwar nicht irgendjemand, sondern Gott. Offerre ist nicht zufällig mit dem deutschen Wort Opfer verwandt. Da fragen der Mann und die Frau auf der Straße sich jetzt natürlich, was das praktisch bedeutet. Oblaten stellen ihr Leben Gott zur Verfügung. Sie leben nach der Regel, die Benedikt von Nursia im fünften Jahrhundert geschrieben hat, leben aber nicht im Kloster, sondern eben dort, wo sie zuhause sind, z.B. in Bansin oder Hof. Oblaten können verheiratet sein oder allein leben und sie gehen normalen Berufen nach. Esther de Waal, eine englische Theologin, die ein Buch über die Regel Benedikts geschrieben hat, hat das mit dem Satz "Gott suchen im Alltag" zusammengefasst. Damit das klappt und wir es in dem normalen Trubel unseres Lebens nicht vergessen, beten wir täglich das Stundengebet und lesen jeweils einen kurzen Abschnitt aus der Regel, die wir so dreimal pro Jahr ganz studieren. Dabei bleibt schon das eine oder andere hängen, so wie z.B. dein Leitsatz "Maßhalten in allen Dingen". Das kann man übrigens auch missverstehen. In Hof, wo wir leben, verstehen die Leute unter Maß nämlich eine Maß Bier. Die kann man auch täglich halten, das führt dann aber zu anderen Ergebnissen als das Maßhalten mit der Regel Benedikts. Der Satz, an dem ich als erstes hängen geblieben bin und der mich lange beschäftigt hat, stammt aus dem Kapitel 4 und heißt "sich den unberechenbaren Tod täglich vor Augen halten". Den fand ich echt ärgerlich. Ich meine, das ist ja keine sonderlich erheiternde Vorstellung, aber gerade deshalb habe ich mich, wie die buddhistischen Mönche an ihren Koans daran abgearbeitet. Und nach und nach hat sich mein Leben dadurch erhellt und entspannt. Denn wenn man sich den sicheren Tod vor Augen hält, schrumpft manch alltäglicher Stress auf sein Normalmaß zurück. Man gewinnt eine weite Perspektive und kann leichter erkennen, was wirklich wichtig ist, was man braucht und was nicht. Der Satz wirkt für mich wie unser Leuchtturm auf die Schiffe, die auf See nach einem sicheren Ankerpunkt suchen. Dass dieser Satz vom sicheren Tod mich gefunden und nicht in Ruhe gelassen hat, zeigt, dass das mit der Oblation ganz gut geklappt hat. Wenn man sich ganz für Gott öffnet, sich ihm bedingungslos übergibt, dann ordnet er unser Leben neu. Und dann steht alles, was wir tun in der Perspektive der Ewigkeit. Denn natürlich ist der Tod nicht das Ende, sondern vielmehr der Anfang der Fülle Lebens mit Gott.

U. Wie du das wieder erklärt hast, eins a. Da kann ich ja nun kaum noch etwas anfügen. Mir gefällt die Regel des Heiligen Benedikt insgesamt deshalb so gut, weil sie in vielen Aspekten so zeitlos ist. Bestenfalls der Sprachgebrauch wäre da zu modernisieren. Inhaltlich ist keine Reform nötig. Schade eigentlich, dass vermutlich ziemlich wenig Menschen diese Regel kennen; ich denke, sie wären recht überrascht, was man im Mittelalter schon so drauf hatte.

B. Ja, das stimmt. Ich hab mal Exerzitien für einen Pfarrgemeinderat gehalten und denen das Cellerarkapitel vorgelesen, ohne zu sagen, wo der Text her kommt. Die haben gemeint, dass das eine ziemlich perfekte Stellenausschreibung ist. Mit der Sprache sagst Du was, es ist in der Tat interessant, die verschiedenen Übersetzungen zu vergleichen. Mir gefällt es deshalb besonders gut, Oblatin zu sein, weil es ein perfektes Trainingsprogramm für das geistliche Leben ist. In der Gemeinde vor Ort ist das ja nicht unbedingt gegeben. Als ich mich entschieden habe, in der Abtei anzufragen, hatten wir in der Gemeinde, in der wir gearbeitet haben, einen Pfarrer, der sagte: "Wenn sie geistliche Bedürfnisse haben, müssen sie sich eine andere Gemeinde suchen, hier sind sie angestellt." Das fanden wir ziemlich ungewöhnlich, zumal wir gar keine Bedürfnisse formuliert hatten. Aber dass man direkt gesagt kriegt, man dürfe nur arbeiten, ohne zu beten fanden wir verrückt. Ich habe daraufhin gedacht: Wenn der mich nicht will, suche ich mir eben ein anderes geistliches Zuhause.

U. Das verstehe ich sehr gut. So ähnlich habe ich mich hier auch oft gefühlt. Vor längerer Zeit hatte die Gemeinde einen Priester, dem die Gemeinde tatsächlich auch am Herzen lag. Gut, er war ein bisschen speziell, aber letztlich hat er sich immer gekümmert und man konnte sich in allen Dingen vertraulich an ihn wenden. Als er nicht mehr da war, bekamen alle deutlich zu spüren, was es heißt, in absoluter Minderheit zu sein. Es ist eben eine Tatsache, dass der Norden deutlich protestantisch geprägt ist. Katholiken haben hier keine Tradition, obwohl auf dem polnischen Teil der Insel ja nun überwiegend katholisch gelebt wird. Ökumene ist ein Zauberwort, dem hier recht oft der Zauber fehlt. Ich weiß, dass es versucht wird. In vielen Aspekten sind die Gottesdienste etc. aber doch sehr verschieden. Für mich ist zum Beispiel die Liturgie sehr wichtig. Ich freue mich auf die festgelegten Rituale und Abläufe, denn sie gehören absolut dazu. Da kann auch eine gut gehaltene

Predigt der „anderen Seite" nicht entschädigen. Perfekt wäre natürlich die Einheit, aber die ist hier schwer zu haben. Das war für mich auch der Grund, mich woanders hin zu orientieren.

B. Rituale sind mir auch sehr wichtig. Sie haben dadurch, dass sie uns in unserem Leben Orientierung und eine Perspektive geben auch heilende Kraft. Und bei der benediktinischen Lebensform kommt noch dazu, dass sie ja aus einem regelmäßigen Wechsel von Gebet, Arbeit, Freizeit und Schlafen besteht. Alles, was man braucht, hat seinen Raum. Die Regel Benedikts ist eben eine sehr menschliche Lebensordnung. Oblatin geworden zu sein habe ich deshalb nie bereut, auch wenn ich das Bodenpersonal in der Kirche manchmal gerne auf den Mond schießen würde. Aber das gilt sicher auch umgekehrt.

Was auf den Tisch kommt, wird gegessen

B. Neulich waren wir bei netten Leuten zu Besuch, die richtig schön für uns gekocht haben. Gut, es war Fleisch drin und ich esse eigentlich keins und selbstgesammelte Pilze, das war ein bisschen gruselig, weil man ja nicht weiß ob das jetzt eine Veranstaltung unter dem Motto "Pilze braten und Symptome raten" wird, aber in solchen Situationen gibt's für mich kein Vertun, da muss ich dann durch. Was auf den Tisch kommt wird gegessen. Das hab ich von meinen Eltern so gelernt, obwohl ich im Stillen immer gedacht habe, dass das ein bisschen ungerecht ist, weil sie ja wohl kaum etwas auftischen würden, was sie nicht mögen. Aber grundsätzlich finde ich eigentlich, dass das ein guter Grundsatz ist. Außer natürlich, man hat eine Allergie oder verträgt irgendetwas absolut nicht. Wie machst Du das in solchen Situationen?

U. Ich hasse so was, am liebsten esse ich allein. Dann muss ich mich nach keinem richten und bin frei in allem. Das Motto es wird gegessen, was auf den Tisch kommt gab es auch bei uns und wehe, es wurde nicht aufgegessen. Dann gab es das eben zur nächsten Essenszeit wieder. Allergien habe ich jede Menge, richtig schwere gegen Walnüsse, Pflaumen und Honig. Da muss ich darauf aufpassen, dass sich diese Inhalte nicht irgendwo verstecken, denn sonst gibt es ein Unglück. Trotzdem reicht mir tatsächlich oft schon ein Geruchs-reiz, um kein Verlangen mehr zu haben. Buttertee zum Beispiel trinkt man gern in Tibet und Bhutan, das ist Tee mit einer Messerspitze Butter drin. Wenn es hochge-stellter Besuch ist, darf die Messerspitze auch größer sein. Wenn du da den Fehler machst, bevor du die Tasse auf ex leerst, dran zu riechen, gibt's einen fast unbezwingbaren Würgereiz. Gut, der kommt jetzt danach auch, aber dann ist der Tee wenigstens getrunken und die Gastgeber sind nicht beleidigt. Das würde ich auch nie vorsätzlich wollen. Wenn es nach mir ginge, wäre es ganz leicht: ich kann sieben Tage in der Woche dasselbe mittags essen- das wäre völlig ok. Und so schön unaufgeregt. Machst du das auch?

B. Moment … ich muss jetzt erst mal tief Luftholen …. Buttertee? Das ist ja schauderhaft! Mein Vater hat so etwas mal getrunken, mit zusätzlich Pfeffer drin, weil er sich vor dem Wehrdienst drücken wollte. Sie kannten den Trick aber, haben ihn sich in aller Ruhe übergeben lassen und ihn dann doch eingezogen. Das war Pech. Denn so hatte er das Übelkeitsgefühl und den Wehrdienst noch dazu. Was das Essen angeht … ich hatte mal eine Nickelallergie und eine Zeitlang eine gegen Histamin. Da musste ich auch ziemlich aufpassen, weil einem davon der Hals zuschwellen kann. Alleine essen finde ich herrlich. Das ist supererholsam. Da kann ich mein Knäckebrot knuspern, ohne dass es jemand stört und dazu was lesen. Ich bin auf jeden Fall nicht scharf auf große Abwechslung beim Essen. Diesen Hype, ständig was Neues auszuprobieren, kann ich pers önlich nicht nachvollziehen. Und das, obwohl ich im Kinder - garten ein echtes Horrormodell von Wiederholung erlebt habe. Wir hatten da nämlich eine Köchin, die nur ein Gericht konnte. Das schmeckte ganz furchtbar und bestand aus zu großen Kartoffelstückchen, Wasser, Salz und Lorbeerblättern. Zum Nachtisch gab es dann immer Bananen, das war ein Trost für mich, denn die mag ich gern. Es muss aber wohl so sein, dass ich im Grunde für Wiederholung gemacht bin, denn obwohl mir diese Suppe überhaupt nicht geschmeckt hat, habe ich meinen Eltern erst nach mehreren Wochen davon erzählt. Die sind da dann vorstellig geworden und dann gab's plötzlich auch andere Sachen. Da ich für meine Familie koche, frage ich die meistens, was sie gerne haben wollen und dann misch ich das so, dass für jeden etwas dabei ist. In diesem Punkt finde ich die Regel Benedikts prima. Die sieht vor, dass es zu jeder Mahlzeit Brot gibt, mittags zwei gekochte Gerichte und dazu im Sommer zusätzlich frisches Obst sodass, wenn man das eine nicht mag oder verträgt, das andere essen kann.

U. Das klingt super, fast luxuriös, kann man sagen. Das dürfte allerdings nur funktionieren, wenn einer zuhause ist, der das Kochen übernehmen kann. Wenn man tagsüber nicht zu Hause arbeitet, hat sich das ja dann schon mal erledigt. Also ich muss ehrlich sagen, sowas wie kochen und bügeln würde ich nie freiwillig machen- das ist mir zu schade, weil das alles Lebenszeit ist. Außerdem finde ich es langweilig, aber ich kenne durchaus Leute, die reden nur von Kochrezepten. Und dann in Kochsendungen im Fernsehen - die finde ich total ätzend. Gemessen an der Zahl der Sendungen muss es ja viele Menschen geben, die das sehen. Ist ja auch ok, das kann ja jeder selber entscheiden. Oder guckst du sowas?

B. Um Himmels willen! Kochsendungen finde ich in etwa so spannend wie Skiabfahrtslauf. Überhaupt gucke ich nach Möglichkeit kein Fernsehen. Das macht mich total kribbelig, weil ich dann immer sofort daran denken muss, was ich stattdessen tun könnte und dann mach ich das doch lieber gleich. Da geht es mir wie Dir mit dem bügeln, wobei ich das meditativ finde. Es ist eine gute Gelegenheit, mit die Strukturen für meine nächsten Artikel und Bücher auszudenken. Kochen finde ich magisch. Das ist für mich wie Zaubertränke nur ohne Snape. Für die alten Kelten war der Herd der zentrale Brennpunkt des Hauses. Und das galt nicht nur, weil da das Feuer brennt und alle dort zusammenkommen, um sich aufzuwärmen und sich Geschichten zu erzählen, sondern eben auch, weil dort die magischen Gebräue und Gerichte entstehen, die uns am Leben erhalten. Allerdings koche ich nicht alleine, meine Tochter ist auch eine fantastische Köchin. Deshalb übernimmt sie an den Hochfesten immer das Regiment und kocht uns was Schönes. Das ist wunderbar. Denn wenn wir nach den langen Gottesdiensten nachhause kommen, können wir uns direkt an den Tisch setzten.

U. Das geht bei uns mit dem Backen so; meine Tochter ist eine Backzauberin. Sie hat letztes Jahr die gesamte Weihnachtsbäckerei übernommen und macht das toll. Ich bewundere ihre Geduld dabei und die Hingabe, mit der sie das ausführt.
Was auf den Tisch kommt wird gegessen. Daran musste ich denken, als ich letztes Jahr in Bhutan war. Ein einfaches Entwicklungsland im Himalaya, von dem wir doch so viel lernen können. Das Glücklichsein zum Beispiel. Oder wie es sich anfühlt in einer Höhe zu leben, wo sich tatsächlich Himmel und Erde berühren und die stille Erhabenheit der Bergwelt mit ihren majestätischen farbenfrohen Klöstern zu atmen. Und das Essen. Einfache Gerichte, traditionell mörderscharf, werden gastfreundlich so zubereitet, dass es auch zu essen ist. Immer frischer Salat, Hühnchen oder Fisch, säuberlich getrennt und der Hinweis, dass das Fleisch aus Indien kommt, weil man ja als buddhistische Nation kein Lebewesen tötet. Das hat mir echt gut gefallen, weil es total konsequent ist – Respekt hat man vor dem Leben oder eben nicht. Allerdings ist man bei letzterer Philosophie dort dann nicht richtig. Auf jeden Fall habe ich mich selten bei Auslandsreisen durch Asien so gut ernährt gefühlt wie dort. Mit einem Lächeln kann man so rot werden wie der Chili, der in jeder Speise ist, auch wenn gutmütig jeder versichert: not spicy. Ist eben alles

eine Frage der Relation. Ich vermute, da jeder Bhutaner mit Chili aufwächst, empfindet er das Brennen nicht mehr so stark wie wir Europäer. Meine Freundin Christine probiert ja immer unerschrocken alles. Wirklich alles. Da hat sich bei mir schon mindestens einmal was umgedreht, dann kommt sie erst in Form. Aber sie hat sich auch noch nie den Magen damit verdorben oder anderes provoziert, was ich schon immer bewundert habe. Wie man das wohl hinkriegt, wenn beispielsweise geröstete Würmer am Spieß und andere kulinarische Köstlichkeiten schon beim Hinsehen mittelschweren Würgereiz auslösen. Da ist sie echt ein Hardliner. Das hat sie in vielen Jahren asiatischer Reiselust eindrucksvoll bewiesen. Und wie machst du das? Bist du ein Freund ausländischer Esskultur?

B. Ich esse sehr gern mediterran. Das ist auch ein Teil unserer Familienernährung. Selbstgemachte Pizza kommt regelmäßig auf den Tisch und unsere Tochter hat angeregt, dass wir demnächst auch die Pasta selbst machen, was ich eine hervorragende Idee finde.

Ansonsten gibt es bei uns schlesische Klöße nach einem Rezept meiner Oma. Da ich wenig Auslandsreisen gemacht habe, ist meine Erfahrung mit der Küche anderer Länder auf die Frankreichs, Englands, Italiens, der Niederlande und Tschechiens begrenzt. Ach ja, und dann kenne ich mich ein wenig mit der schottischen Küche aus, weil ich darüber mal ein paar Artikel schreiben musste. Allerdings sind das Gerichte, die ich lieber nicht essen würde, z.B. Haggis. Auch wenn ich den Dichter Robert Burns, zu dessen Ehren dieses Gerichts stets feierlich gereicht wird, sehr schätze.

Smartphones sind genial

U. Ich finde Smartphones genial, auch wenn sie uns ein Stück unserer Freiheit rauben, geben sie ein mindestens genau so großes wieder zurück. Aufgrund der unzähligen Möglichkeiten, die mir das Netz bietet, bin ich in Sekundenschnelle informiert und verbunden mit anderen. Das ist hocheffizient und interessant. Außerdem erschließen sich manchmal Wissensgebiete, mit denen ich mich ohne Smartphone im Leben nicht befasst hätte, vermutlich, weil es in Büchern im Regelfall theoretisch bleibt bei der Beschreibung. Das Netz bietet mir gleich Erklärvideos und Animation dazu, was bei komplexen
Themen durchaus sehr hilfreich ist. Ehrlich gesagt, ein Leben ohne Mobile kann ich mir jetzt gar nicht mehr vorstellen. Klingt süchtig, oder? Geht´s dir anders?

B. Nein, das ist bei mir definitiv genauso. Ich war die erste in der Familie, die ein Smartphone hatte. Es fasziniert mich ungemein, dass ich mit diesem wunderbaren kleinen Teil tolle Bilder machen, Zugriff auf eine kleine tragbare 1000 Bücher Bibliothek habe, dass mir das Phone in einer fremden Stadt erzählt, wie ich am schnellsten von A nach B komme, wann der nächste Vollmond ist, ich damit Zeitung lesen und viele interessante Apps nutzen kann ist genial. Am besten finde ich aber das kommunikative Element. Mit dir über WhatsApp verbunden zu sein ist einfach genial. Wir können uns unterhalten, Filme austauschen, Video-telefonte führen, ganz wie es uns passt. Gerade jetzt, während der Pandemie, wo man nicht reisen kann, ist das sehr hilfreich. Wir unterrichten auch über das Smartphone und das funktioniert prima. Für einige, die außerhalb studieren ist es sogar eine Verbesserung und wir werden die Skype Unterrichte sicher auch dann fortsetzen, wenn wir wieder Präsenzunterricht geben dürfen.

U. Das Thema Homeschooling ist ja momentan brandaktuell. Mich betrifft das unmittelbar und ich muss sagen, es ist schon eine sehr besondere Herausforde-rung auf vielen Ebenen. Einmal natürlich die technischen Voraussetzungen, die inselweit sehr verschieden sind und manchmal das Arbeiten total erschweren. Dann die persönlichen Voraussetzungen bei den einzelnen Familien; also wenn eine solche mehrere Kinder hat und normalerweise einen Rechner im Haushalt; diese sollen dann alle brav ihre Lektionen verfolgen, ja dann sind wir wohl schon mitten drin. Ich habe mir oft gar nicht vorstellen können, wie das aussieht, wenn nur ein Elternteil auch noch im Homeoffice arbeiten soll, denn das sprengt in der Tat jede Vorstellung. Da muss man als Lehrer versuchen, jeden im Blick zu haben, zu behalten und sich auszumalen, was das für den Alltag eigentlich konkret bedeutet. Zusammenfassend kann ich sagen: Respekt. Den habe ich vor allen Eltern, die in den allermeisten Fällen versucht haben, ihren Kindern unter Einsatz ihres Lebens zu helfen und Respekt auch den Schülern; die wiederum haben erstaunlich lange diszipliniert durchgehalten. Das Problem: die Länge des Homeschoolings. Besonders schwer fällt es natürlich, alle über die Länge der Zeit zu motivieren, immer noch am Ball zu bleiben und diejenigen, die sich allein kaum Inhalte oder Methoden ohne Hilfe erschließen können, zu unterstützen. Das dürften wohl die großen Verlierer sein, denn wie sollen sie das Ungelernte oder nur halb Verstandene zeitnah aufholen. Die bittere Wahrheit ist: kaum oder gar nicht. Die Folgen sind direkt absehbar und dabei hilft ihnen dann leider auch kein Smartphone. Höchstens als willkommene Ablenkung mit hoher Versuchungs- gefahr, alles Mögliche zu tun, außer Schulaufgaben oder unmittelbar damit zusammenhängendes.

B. Was das Homeschooling angeht, gebe ich Dir vollkommen Recht. Auch wenn wir in der Familie immer witzeln, dass das für uns das Paradies gewesen wäre. Aber wir sind eben nur drei, haben genug Zimmer, jeder hat seinen eigenen Rechner und selbstständig arbeiten sind wir alle gewohnt. Ablenkung durch ein Smartphone habe aber nur noch ich. Unsere Tochter hat Ihr Smartphone abgeschafft. Sie genießt die dadurch entstandene Ruhe. Mein Mann hat nie eins besessen. Er findet, dass es vollkommen ausreicht, wenn er per Mail und auf dem Festnetztelefon erreichbar ist. Allerdings hat das zur Folge, dass sich jetzt viele Leute auf meinem Smartphone melden. Als Kommunikationsverhalten finde ich das interessant. Mein Mann ist ja durchaus gut erreichbar und antwortet zeitnah und zuverlässig. Trotzdem schicken viele Leute lieber eine Nachricht auf

WhatsApp, weil sie das Medium bevorzugen. Eigentlich finde ich das ziemlich merkwürdig, denn alle, die das tun, haben eine E-Mail Adresse und könnten auch einfach anrufen. Es zeigt, dass die Wahl des Mediums Vorrang vor dem Wunsch hat, den Ansprechpartner direkt zu erreichen. Andererseits nutzen wir das Medium aber auch selbst gerne, weil WhatsApp - Gruppen für Chöre oder Schüler natürlich sehr praktisch sind.

U. Ja , da gibt's immer diese zwei Seiten, einerseits und andererseits. Manchmal nervt es ganz gewaltig, vor allem wenn sinnfreie Bilder und Videos wie wild weitergeleitet werden und andererseits gebe ich dir vollkommen recht; als wir in der Schule noch WhatsApp nutzten (vor dem Aus wegen des Datenschutzgebotes), konnte ich Schüler quasi umgehend kontaktieren, dieses Tempo hätte ich im Schulhaus zu Fuß nie erreicht. Und noch eine Sache fällt mir zum Thema Handy und Kinder und Jugendlichen ein – nämlich der Social Media Hype mit all seinen Gefahren, die wir gerade am Anfang der Nutzung so noch gar nicht im Blick hatten. Mobbing der übelsten Sorte durch Posten von Fotos, Account- Klau und schlicht Hetzereien verbreiten, sind oft die sehr üblen Folgen der exzessiven Handysucht, insbesondere bei Heranwachsenden. Da gibt es sehr, sehr üble Sachen, die für die Betroffenen oft gar nicht oder nur sehr schwer zu überwinden sind. Meist geht das einher mit privaten Rechtsstreits, aber der eigentliche Schaden ist dann ja schon lange da. Das heißt, formal kann dann die Quelle vielleicht beseitigt werden, die Folge aber nicht oder kaum. Das ist sehr bitter.

B. Das mit dem Mobbing ist wirklich eine schlimme Sache. Aber die Abhängigkeit von diesen Geräten ist auch nicht zu unterschätzen. Es gibt ja wirklich eine

Menge Leute, die den ganzen Tag über alle fünf Minuten gucken, ob einer ihre Posts geliked hat und auf die anderer reagieren. Die Lesefähigkeit ist seitdem besorgniserregend gesunken. Als unsere Tochter noch zur Schule ging gab es – im Gymnasium – in ihrer Klasse mehrere Schüler, die privat niemals gelesen haben. Man muss schon aufpassen, dass man die Zeiten, in denen man das Smartphone nutzt, beschränkt. Am meisten amüsiere ich mich immer über die Leute, die unterwegs unentwegt auf ihr Handy starren, so als ob sie einen kleinen Hausgott vor sich hertragen. Ich pflege immer die sagen, dass die Ethnologen späterer Jahrhunderte mal der Ansicht sein werden, dass es sich um einen merkwürdigen Kult des 20. und 21. Jahrhunderts gehandelt hat, in dem die Menschen kleine rechteckige Teile angebetet haben. Das wird dann zu einer Zeit sein, wo dank Corona, des Klimawandels oder weiterer Pandemien die Zivilisation wie wir sie kennen, zusammengebrochen ist, so wie Harris das in seinem Roman The second sleep schildert.
Kennst Du den?

U. Of course, man könnte sagen, berufsbedingt. Inhaltlich für Schüler vielleicht exemplarisch, mir gefällt dieses Genre allerdings nicht. Wie du weißt, bin ich nicht so der Historienfan. Aber die Aussagekraft ist deutlich – die Benutzung des Smartphones entwickelt sich für die heranwachsende Generation zunehmend zur Katastrophe; so, als hätte es eine eigene Persönlichkeit wird es wie der beste Freund oder die beste Freundin behandelt. Etliche Entzugskliniken haben schon lange aufgerüstet, mit einem Entzugsprogramm für Smart - phones und sind für Jahre im Voraus mit Wartezeiten belegt. Das macht mir Angst, weil es aus meiner Sicht überhaupt keine vernünftige Lösung für die Handhabung des Umgangs damit gibt. Oder hast Du eine zündende Idee?

B. Ja. Es ist notwendig, Erlebnisräume zu schaffen, in denen die Kids einen Flow erleben. Ich glaube, dass Du das mit Deinen Musicals geschafft hast. Jedenfalls haben die Bilder und Soundfiles, die ich gesehen und gehört habe, diese Ausstrahlung gehabt. Die Möglichkeiten dafür sind unbegrenzt. N a t u r - erfahrung, Lesen, kreative Projekte – eben alles, wobei man alles vergisst und ganz in dem aufgeht, was man gerade tut. Je öfter die Kinder und Jugendlichen das erleben, desto mehr prägt es sich ein und dann wird das Smartphone, das ja in vielerlei Hinsicht ein Surrogat für fehlende Flow-Momente ist, immer unwichtiger. Natürlich sind auch Regeln wichtig, zum Beispiel die, dass diese Geräte beim Essen aus sein müssen und niemand aus der Familie an seinem Handy rumspielt. In der Times habe ich kürzlich gelesen, dass mehr und mehr Schulen in England dazu übergehen, Smartphones zu verbieten oder zumindest d a r a u f bestehen, dass sie während der Schulzeit ausgeschaltet sind. Für mich wäre ein Smartphone allerdings ein Segen gewesen. Es ist nämlich viel leichter, so eine kleine Taschenbibliothek unauffällig zu nutzen, als ganze Bücher zu verstecken, so wie ich es seinerzeit noch tun musste. Als Meisterin der Fremdbeschäftigung im Unterricht hätte ich es sehr zu schätzen gewusst, so ein nützliches Accessoire zu haben.

U. Oh, oh, das klingt wie der geborene Lehrerschreck. Dass man Flow- Momente braucht, da stimme ich dir bedingungslos zu. Wie man sie schaffen kann, aber nur partiell. Denn gerade mithilfe des Smartphones kann ich ganz brillant virtuelle Räume schaffen und dort Fantasie ausleben. Virtual Reality hat sicher zu Corona-Zeiten Hochkonjunktur, denn es hat ja nicht jeder so gut wie ich, dass er nur vor die Haustür zu gehen braucht und ein paar Minuten später dann am Meer steht. Deshalb finde ich diese virtuellen Welten genial, weil dort alles möglich ist. Ich kann- unabhängig von meinem persönlichen Aussehen und IQ in der VR ein Superheld sein, zu fernen Galaxien aufbrechen, mit Sauriern kämpfen, ägyptische Pyramiden besichtigen und der Retter der Weltmeere sein. In der Realität sitze ich dabei vielleicht in einer grauen Plattenbauwohnung und hoffe, dass Corona bald vorbei ist. Du merkst, ich kann mich für die Möglichkeiten begeistern, auch wenn ich Dir absolut zustimme: Es braucht Regeln beim Umgang mit dem Handy. Da finde ich auch ganz wichtig, sonst lebt nur noch jeder an seinem Smartphone in seiner Welt.

Gruselig. Oder phänomenal?

B. Nein, definitiv gruselig. Denn so sehr ich Dir zustimme hinsichtlich der Faszination, die die virtuellen Welten zweifellos haben ist es gefährlich, wenn man die Verbindung zur Wirklichkeit verliert. Gewinnbringend sind virtuelle Welten nur dann, wenn sie eine positive Rückkopplung an die Realität haben. Das ist übrigens der Vorteil der inneren Welten, die man ohne technische Hilfsmittel wahrnimmt. Sie haben eine natürliche performative Wirkung auf die Alltagswirklichkeit. Sie erweitern den Raum der inneren Freiheit und fördern so Resilienz gegenüber bedrängenden Situationen, denen man sich mit oder ohne Corona ja zwangsläufig immer wieder ausgesetzt sieht.

U. Wo du Recht hast... meine Erfahrung hat mich gelehrt, dass es Kindern zunehmend schwerer fällt, fantasievoll zu sein. Also ohne Smartphone. Es ist deutlich zu beobachten, dass die feinmotorischen Fähigkeiten immer weniger entwickelt sind und etliche andere auch. Die Frage als Pädagoge ist also – wie entwickelt und vermittelt man solche elementaren

Fähigkeiten wie Fantasie, wenn die Kinder schon mindestens 10 Jahre alt sind? Das ist das Alter, wenn sie bei uns in die Orientierungsstufe kommen, also in die weiterführende Schule. Da ist schon ganz vieles nicht bloß ein bisschen spät dran, sondern schlicht unmöglich. Mir persönlich tut das immer sehr leid, denn wie arm sind die Kinder dran, die in ihrer Kindheit keine oder wenig Fantasie entwickeln konnten.

B. Das stimmt und ich mache dieselbe Beobachtung. Bei mir kommt noch erschwerend hinzu, dass ich in Franken lebe und die Schüler, die ich unterrichte vom Bayerischen Schulsystem geprägt sind. Und das unterbindet jegliche Kreativität und Eigeninitiative mit bemerkenswerter Effizienz. Punkte gibt es für auswendig nachgebetete Hefteinträge. Punktabzug, wenn man den Inhalt mit eigenen Worten wiedergibt. Mehr Punktabzug, wenn man eine begründete abweichende Meinung äußert. Schüler in der kirchenmusikalischen D- oder CAusbildung zu kreativem Tun zu verlocken gleicht einer sehr komplexen archäologischen Tiefengrabung. Es ist aber möglich. Denn Gott sei Dank sehnen sich alle Menschen nach dem Flow. Das Gefühl, schwerelos fokussiert zu sein, ist eine wundervolle Erfahrung. Wenn es gelingt, sie zu vermitteln, wollen die Kids von selbst kreativ sein, weil sie dieses Empfinden wieder haben wollen. Es kommt also darauf an, herauszufinden, bei welcher Melodie ihre Seele zu tanzen beginnt. Der Rest ist dann einfach.

Wenn die Seele tanzt

B. Jetzt wird sich der gemeine Leser auf der Straße fragen, was um alles in der Welt denn damit gemeint ist: die Seele tanzt. Und wenn er nickelig ist, wird er noch hinzufügen, dass die Seele das ja wohl nicht tun kann, weil sie ja gar keine Beine hat. Aber dann würde ich Widerspruch einlegen. Denn so, wie ich es wahrnehme, sind Körper, Geist und Seele untrennbar miteinander verbunden. Und das heißt, wenn der Körper tanzt, tanzt auch die Seele. Es gilt aber auch umgekehrt, dass man so glücklich sein kann und ein so starkes Licht verspürt, dass man innerlich tanzt. Bettine von Arnim hat einmal gesagt: "Meine Seele ist eine leidenschaftliche Tänzerin." Das kann ich gut verstehen. So geht es mir auch. Und dir?

U. Das stimmt, auf jeden Fall sind wir ganzheitliche Wesen. Ich würde als Urpommer Wörter wie „Leidenschaft" nun nicht unbedingt in Anspruch nehmen, aber ich kann sehr gut verstehen, was gemeint ist. Allerdings muss oder kann mein Körper nicht tanzen und dennoch ist meine Seele frei und dynamisch unterwegs. Das ist optimal, denn wenn die Hardware alt wird, kann die Software sich immer wieder updaten. Perfekt gemacht, würde ich sagen. Und eins noch: ohne Seelenflüge ist der Tag ziemlich grau und mir tun die Menschen leid, die so etwas nicht empfinden. Ich denke, das kann man sogar trainieren, aber dafür muss man natürlich erst mal
die Notwendigkeit erkennen. Oder?

B. Einspruch, euer Ehren. Die Notwendigkeit kennen, oder vielmehr spüren alle. Es suchen nur nicht alle an der richtigen Stelle. Viele begnügen sich mit Surrogaten wie shoppen, im Internet surfen oder im Fernsehen rumzappen. Das eigentliche Ziel ist dabei immer der Seelenflug und natürlich kann es einem einen Kick geben, wenn man sich etwas Schönes gönnt, einer tollen Idee auf der Spur ist oder einen Film ansieht, der einen in unendliche Weiten entführt, aber auf Dauer reicht das nicht aus. Und hier kommt der Moment, wo man sich mitsamt des bleischweren Endes des eigenen Rückens vom Sofa erheben muss, um sich nach dem auszustrecken, was oben ist, wie der Apostel Paulus treffend sagt. Der Mensch ist für die Ewigkeit geschaffen, Transzendenz liegt uns im Blut und der Tanz der Seele ist unsere natürliche Begabung. Um sich zu ihm aufzuschwingen, brauchen wir nur die Melodie Gottes mit gespannten Ohren in uns aufzunehmen.

Innere Schweinehunde, groß wie Doggen

U. Ich könnte, wenn ich wollte. Und eigentlich will ich ja, aber nee, ich kann doch nicht. Wegen der Dogge. Die ist eines meiner Haustiere und immer dann da, wenn ich was vorhabe, worauf ich wenig Lust habe. Sport zum Beispiel, abwaschen, bügeln oder Unkraut hacken. Dann ist er ungerufen und schweigend da, ein wunderschönes Exemplar meines inneren Schweinehundes. Und schaut mich aus seinen schönen braunen Augen so an, da kann ich gar nicht mehr „nein" sagen, da muss ich ihm nachgeben. So hartherzig bin ich eben nicht. Kennst Du das auch?

B. Ne. Der kommt bei mir allenfalls auf Besuch vorbei. Ich bin ziemlich diszipliniert und die Arbeit geht vor. Das klingt total bewundernswert, ist aber tendenziell gesundheitsschädlich, weil die Arbeit nämlich nicht alle wird. Deshalb neige ich dazu, mehr zu tun, als ich eigentlich müsste. Vielleicht sollten wir es so regeln, dass ich gelegentlich mal mit deinem Schweinehund eine Runde ums Haus drehe. Dann kannst Du abwaschen, bügeln und Unkraut hacken. Vom Sport treiben halte ich nichts, da zitiere ich gerne den von ihm laut den Historikern nie verwendeten Satz von Winston Churchill: no sports. Tatsächlich ist Sport in meinem Leben ganz überflüssig. Wir haben ein Haus mit ebenerdigem Keller, Hochparterre und erstem Stock. Da hab ich genug Sport, wenn ich die Wäsche von oben in den Keller trage, auf- und abhänge und Staub sauge oder mir Bücher aus unserer Bibliothek hole. Aber natürlich bleibt die Frage, was man mit so einem Mitbewohner wie dem Schweinehund anfängt, wenn ereinmal eingezogen ist. Was sind Deine Tricks?

U. Tricks? Es gibt keine. Wir sehen uns oft lange schweigend an, bis einer nachgibt. Da ich ein pommerscher Dickschädel bin, muss er dann. Treu wie er ist verlässt er mich aber nicht und kommt immer gern wieder. Bis ich direkt werden muss und ihm einen Platzverweis erteile, zuvorderst aus sachlichen Gründen, wie nicht gezahlter Hundesteuer. Das muss er dann einsehen, und geht. Ist eben doch ein kluges Tier. Dann muss ich dich wieder diszipliniert sein und ärgere mich dann, weil ich arbeiten muss. Dabei bin ich total tierlieb, stimmts, Aramies und Cicero?... Siehste. Hast Du auch Tiere?

B. Leider nein. Wir hatten mal einen Vogel – jetzt lach nicht – einen überaus liebenswerten Nymphensittich namens Sophia, der liebte uns alle, saß wechselweise auf den Schultern der Familie und pfiff schon begeistert, wenn wir die Tür aufschlossen zu unserer Begrüßung. Aber aufgrund von Allergien haben wir aktuell kein Tier. Allerdings mögen wir sie gern und das merken sie auch. Die Katze von unserem Nachbarn stand sogar eines Tages mal mit gepackten Koffern vor unserer Tür und wollte einziehen. Ich hab ihr dann erklärt, dass das leider nichts wird, dass wir uns aber gerne im Garten treffen können. Das machen wir auch. Und sie sie sehr zuverlässig. Sobald ich Wäsche raushänge, ist sie zur Stelle und sie kommt auch vorbei, wenn wir in Urlaub fahren, um uns zu verabschieden. Sie ist sehr intelligent und einfühlsam. Es ist bewundernswert, mit welcher Präzision sie Dinge wahrnimmt. Es gibt ja diese Studie von Rupert Sheldrake über Hunde, die wissen, wann ihr Herrchen oder Frauchen nach Hause kommt. Das kann ich nur bestätigen. Als ich 12 war, ist ein Dackel in unser Haus eingezogen, Trimmel. Der hieß nach einem Tatort Kommissar, weil er am Freitagabend um 20:15 Uhr geboren ist, als der gerade am Ermitteln war. Trimmel wusste immer genau, wenn mein Vater von der Arbeit zurückkam. Dann stellte er sich neben die Haustür. Und es lag nicht daran, dass er jeden Tag zur selben Zeit wiederkam, das konnte ganz unterschiedlich sein. Wie ist das bei Deinen Katzen?

U. Die sind sehr verschieden im Charakter. Während Aramies ein äußerst sensibler englischer Gentleman ist, erinnert Cicero an ein Riesenbaby. Keiner kann seinem Blick wiederstehen, wenn er Leckerchen möchte. Aramies übt sich in stiller Zurückhaltung beim Anstehen darum, allerdings lässt er mich nicht aus den Augen. Wo ich bin, da möchte er auch sein, er weicht nicht von meiner Seite, sogar beim Arbeiten muss ich ihn ständig zur Seite schieben, weil er sich direkt darauf legt und dabei so schön schnurrt, dass der Begriff „homeoffice" eine wohlige Komponente bekommt. Wenn ich malen will, bin ich deshalb gezwungen ins Atelier zu gehen, denn hier möchten alle Katzen mitmachen. Cicero ist total spielverrückt, er hat einen Tunnel, durch den jagt er mit wachsender Begeisterung, dafür mag er aber nicht gern auf den Arm genommen werden. Aramies schon, das mag er am Liebsten. Schön auf dem Arm rumschleppen lassen und ständig gekrabbelt werden, das ist absolut seine Welt. Du siehst, bei mir handelt es sich im wörtlichen Sinne nicht um einen Schweinehund, sondern um eine Schweinekatze. Ein Leben ohne Tiere kann ich mir gar nicht mehr vorstellen, die gehören einfach zur Familie. Außerdem sind Tiere für Heranwachsende total wichtig, da können sie eine Menge lernen und haben einen treuen Freund und Begleiter.

Bibliografische Information der Deutschen Nationalbibliothek:
Die Deutsche Nationalbibliothek verzeichnet diese Publikation in
der Deutschen Nationalbibliografie; detaillierte bibliografische
Daten sin dim Internet über dnb.dnb.de abrufbar.

Copyright 2021 Dr.Stühlmeyer / Dr. van der Mâer
Verlag und Druck: BoD – Books on Demand, Norderstedt

ISBN: 9783753443737